원서동、 자기만의 방

원서동, 자기만의 방

초판 1쇄 인쇄 2019년 2월 14일
초판 1쇄 발행 2019년 2월 21일

지은이 한량

펴낸이 윤동희

편집 김민채, 황유정
디자인 위앤드
제작처 교보피앤비

펴낸곳 (주)북노마드
출판등록 2011년 12월 28일 제406-2011-000152호

주소 08012 서울특별시 양천구 목동서로 280 1층 102호
전화 010-4417-2905
팩스 02-326-2905

전자우편 booknomad@naver.com
페이스북 /booknomad
인스타그램 @booknomadbooks

ISBN 979-11-86561-55-3 03810

- 이 도서의 국립중앙도서관 출판예정도서목록(CIP)은 서지정보유통지원시스템 홈페이지
(http://seoji.nl.go.kr)와 국가자료공동목록시스템(http://www.nl.go.kr/kolisnet)에서
이용하실 수 있습니다. (CIP 제어번호: CIP2019002291)

www.booknomad.co.kr

원서동、자기만의 방

한량 지음

여행자의 마음으로、
여행자의 집을 꾸리는 삶

북노마드

프롤로그

이것은
사랑에 관한
이야기다

평범한 일상을 그러모아 체 위에 올린다. 슬금슬금 체를 흔들면 어떤 것들은 더욱 또렷해진다. 강둑에 앉아 사금을 고르는 사람처럼, 내 앞에 고인 유난히 영근 날들의 기억. 그런 기억들은 몇 날 며칠이 흘러도 머릿속에서 맴돈다. 한쪽으로 밀어두면, 저들끼리 모여 손을 잡기도 한다. 작은 연결고리를 찾아 서로 달라붙는다. 그렇게 커진 기억들은 집요하게 요구한다. 나를 써줘, 나를 써줘, 나를 이야기로 만들어줘.

이것은 사랑에 관한 이야기다.

어떤 동네에 관해, 어떤 집에 관해, 어떤 사람에 관해. 그리고 그것들이 모여 이루는 어떤 종류의 삶에 관한 이야기. 거기엔 각기 다른 속도의 사랑이 있었다. 처음 만나 빠져드는 것처럼 무작정 달려들었던 순간, 와락 안겨드는 품, 조용히 어루만지는 손길. 때론 격정적인 기쁨이 눈을 흐리게 만들기도 했다. 말 그대로 맹목의 시간이었다. 희미해진 눈을 비비고 나면 불안한 새벽이 찾아와 문을 두드렸다. 모든 사랑이 그렇듯, 당연하고 당당한 노크 소리로. 그럴 때면 실제적이고 구체적인 기억을 떠올리며 마음을 다독였다. 내가 만난 동네와 공간. 나에게는 익숙하나 그들에겐 낯선 곳. 처음 마주할 때의 떨림을 딛고 나누는 핑퐁 같은 대화들. 믿고 기댈 것은 오직 우리의 걸음걸음이었다. 기원을 거슬러 올라가 보면 거기엔 달과 나의 첫 여행이 있었다. 사랑을 의심하지 않았으므로, 한 달의 여정을 넉넉히 담은 가방을 꾸렸다. 일어날 사건과 사고를 알지 못한 채 활짝 웃는 얼굴을 담고, 때론 사소한 싸움과 큰 토라짐이 이어진다. 그리고 우리가 만난 낯선 도시의 집들. 호스텔도 호텔도 아닌 집에는 제각각 다른 개성과 사연들이 켜켜이 스며 있었다. 집의 얼굴인 호스트가 들인 노력과 애정이 곳곳에서 엿보였다. 그것이 그렇게 근사해 보일 수가 없었다.

함께 살면서도 연애할 때 별명을 부르던 것처럼, 그 후로도 달과 나의 여행은 늘 집과 집 사이를 건너다녔다. 번지를 찾느라 골목을 누비며 흙길과 돌길 위로 짐 가방을 끈다. 건물 앞 초인종을 누르기 전에는 여러 번 목청을 가다듬는다. 마주한 낯선 얼굴들은 곧 미소를 띠며 자기 집에 당도한 여행자를 기꺼이 맞아준다. 그들이 귀띔해준 레스토랑, 카페, 산책로는 하루의 여백을 채운다. 그게 몹시 좋았다.

그래서였을까. 발품을 팔아 집을 구하고, 그곳을 가꾸고, 여행자를 맞이하는 삶에 관해 생각하기 시작했다. 여행에서 내가 좋았던 것들을 이곳에 부려놓고, 편안한 잠자리를 내어주는 삶. 여러 나라의 말로 잘 자라는 인사를 다정히 건네는 밤. 생각은 꼬리에 꼬리를 물었다. 마음은 담대해지고, 상상은 진지해졌다. 결국, 우리는 호스트가 되기로 결심했다. 내 마음의 넉넉함 혹은 주머니의 넉넉함이 얼마인지도 모르고, 무작정 덤벼들었다.

그러니 이것도 사랑이 아닐까.

이 이야기들을 통해 또 새로운 이들을 만나게 될 것을 상상한다. 모르던 사이에서, 인사하는 사이가 되기까지. 그러다 다정한 안부를 주고받는 사이가 되기까지. 그 시간을 기다린다. '우리는 만날 때에 떠날 것을 염려하는 것과 같이 떠날 때에 다시 만날 것을 믿습니다.' 시 구절이 맴도는 사이 나의 마음은 다시금 부푼다. 흐르는 계절을 바라볼 때처럼, 사랑을 기다릴 때처럼 그렇게 부푼다. 좋다.

차례

어떤 동네

지난 생을 돌아보면 어이없이 덜컥 일을 저질러놓고 그것을 수습하고 메꾸느라 뛰어다니곤 했다. 일상의 작은 지름. 이번 달의 나와 다음 달의 나와 다다음 달의 내가 힘을 모아 갚아가자는 다짐을 넘어선 어떤 것들. 이를테면 대책 없이 마음 털어놓기, 아련한 학고의 추억, 괴이한 자기 확신, 마음껏 허술해지기, 취기와 흥에 겨워 번호 묻기, 그리고 결혼에 이르기까지. 나는 나름의 커다란 일들 앞에서는 마냥 낙관주의자가 되었다. 결혼식만 해도 그렇다. 야외 식장을 계약한 날부터 결혼식 당일까지 수개월 동안 나는 한 번도 궂은 날씨를 걱정하지 않았다. "날이 좋을 거야. 그런 느낌이 들어." 걱정을 내비치는 가족 앞에서 나는 까닭 없이 대범했다. 때는 구월. 결혼식 날 앞뒤로 태풍이 강타했다. 고로 예식 날 하늘은 몹시 맑고 푸르렀단 이야기다. 식을 마치고 나니 얼굴이 발갛게 붉어질 만큼 가을볕이 쨍쨍했다.

그렇게 생의 크나큰 결정 사이를 좁은 보폭으로 훅훅 뛰어 건너간 다음에야 비로소 자잘한 고민거리와 맞닥뜨린다.

나는 세상과 불화하고, 미래를 어둡게 점치며, 비관론을 맹신한다. 안락사의 법적 허용을 갈구하고, 각종 연금이 고갈되리라는 걸 확신하며, 아이 갖기를 두려워한다. 이런 고민에 결정적 한 획을 그은 것은 2016년에 등장한 알파고의 맹활약이었다. 한때 거북이 바둑 교실 원생이었던 자로서, 대국해설 기사를 훑어보았으나 그것은 이미 내 영역 밖의 일. 미래에 드리운 먹구름이 새로이 갈피를 폈다. 인공 지능이라니, 대체 이걸 어찌 상상할 수 있을까. 내 나름의 생존 전략을 찾고자 머리를 열심히 굴렸으나 도무지 앞이 보이지 않았다. 인간 지능의 한계와 벌써 마주한 기분이었다. 그러나 몇 날 며칠, 아니 몇 개월을 고심한 결과 나는 애니악처럼 하나의 답을 토해내고 말았다. 답은 간단했다. 역사와 예술에 기대자. 거기에 비비면서 살아가는 게 유일한 방도다. 알고리즘은 엉뚱한 곳과 연결되었다. 머리가 굵어진 이래로 줄곧 염두에 두었던 문제, 영원성과 유한함에 관한 것.

그것은 나의 성장 과정과도 깊숙이 얽혀 있었다. 해운대에서 고등학교를 나오고, 상수동에서 대학을 다니는 동안, 자본이 꿈틀거리며 익숙한 장소들을 집어삼키는 것을 너무나 많이 목도해왔다. 동네 스카이라인이 달라지고, 번지르르한 무엇이 거들먹거리며 위세를 떨다 이내 이전과 달라진 분위기를 수없이 느껴왔다. 술에 취해 상수동 거리를 거닐다 애꿎은 가게 앞에서 손가락 욕을 날리기도 했지만, 언제나 나의 손가락은 시시하게 움츠러들었다.

현실적인 여러 조건을 뒤로하고, 신혼집 위치를 정하는 데 가장 커다란 이유로 꼽은 것은 '궁궐'이었다. 침대에 누워 궁궐 담을 바라보고, 그 담을 따라 출퇴근하는 길에서 줄곧 생각했다. 어느 날 이 담벼락이 쇠파이프로 만든 비계에 둘러싸여 낡은 모포 자락으로 휘감길 일은 없겠지. 쿵쿵거리는 쇳소리와 피어오르는 분진 사이에서 갑자기 멀쑥한 모습으로 나타나 모두를 어리둥절하게 만들 일은 없겠지. 너무 번지르르한 까닭에 앞에 선 이가 괜한 부끄러움을 느끼거나, 열 오른 낯으로 집에 돌아가 주변 시세를 검색하게 만들 날은 오지 않겠지. 그 한 가지

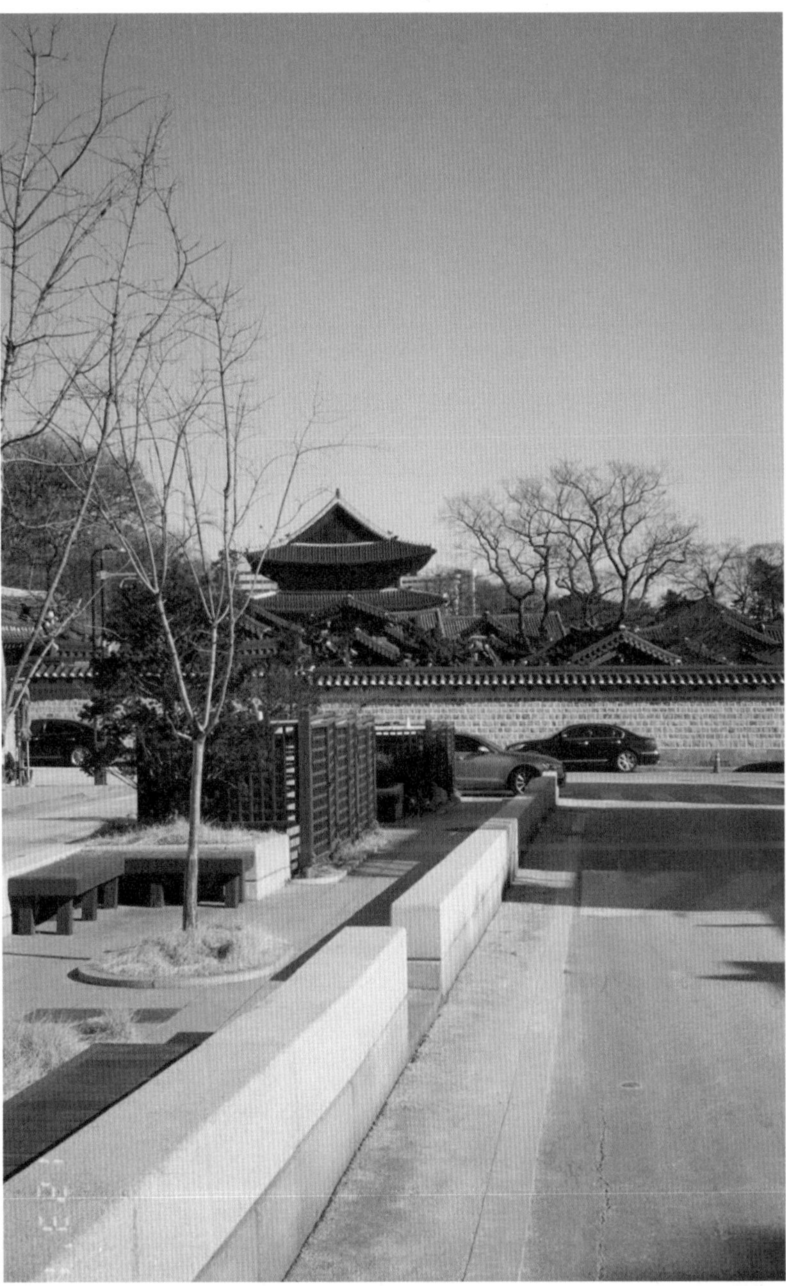

이유만으로도, 나는 그 동네를 사랑했다. 아무도 손댈 수 없고, 아무도 탐할 수 없는 공간. 희망찬 개발 가능성이 없는 곳. 예전 그대로 남을 수밖에 없는 곳. 궁궐 담벼락 안 소나무 까치집은 영원히 까치집으로 남을 곳.

고작해야 산 하나 넘는 곳으로 이사를 한 뒤에도 늘 마음 한편은 그곳을 향해 있었다. 알 수 없는 열패감에 그 앞을 지나치길 두려워한 적은 있었어도 언제나 마음의 지표는 변하지 않았다. 동네의 모양이 칸칸이 자잘한 것은 그 옛날 북촌 사람들이 걸어 다닐 수 있는 단위로 마을을 만들었기 때문이고, 가회동이나 계동에 비해 모양이 얇고 길쭉한 것은 옆에 범접할 수 없는 창덕궁이 자리 잡은 까닭이다. 그 기다란 모양을 한 동을 나는 종로구의 칠레라 불렀다. 원서동. 창덕궁 후원 서쪽에 위치한 동네. 길을 걷다 만나는 벽돌집에 기와를 얹은 카페는 조선 최초의 복싱장이며, 별생각 없이 걷다가 마주치는 비석은 역사책 속 인물의 생가터임을 알리는 곳. 그리고 웃음기 하나 없이, 마을버스의 정류장 안내 방송에 빨래터가 등장하는 동네.

청와대가 멀지 않은 까닭에 일정 고도를 넘는 높은 건물을 지을 수 없고, 이미 자리 잡은 한옥은 허물 수 없는 동네. 동네에서 유일하게 진행되는 공사라고는 무려 조선시대의 자취를 되찾고자 종묘와 창덕궁을 잇는 공사뿐인 곳. 그곳에 사는 동안 동네 토박이 어르신과 아는 체하는 사이가 되기도 했는데 할아버지의 지난 이력에는 어김없이 자랑이 스며 있었다. 내가 옛날에 무슨 학교를 나왔고, 어디를 다녀왔고, 여기까지는 고개를 주억거리며 들어줄 수 있다. 그러나 우리 할아버지가 창덕궁 경비 대장이었다는 말에 이르면 그만 할 말이 없어진다. 이건 뭐 어디 갖다 붙일 수도 없는 자랑인 것을. 우리 할아버지 눈 감아, 하면 이미 눈 감으신 지 오래인 것을. 그런 무수한 날들을 거쳐, 우리는 원서동에 집을 사기로 했다. 오랜만에 나의 낙관론이 기지개를 켰다. 마음은 벌써 북촌 마님이었다.

막연한 생각이 구체적인 결심으로 이어지는 데는 제법 시간이 걸렸다. 일단 마음먹고 나니 일은 쉽게 진행되는 듯했다. 적어도 처음엔 그렇게 보였다. 우리는 신혼집을 얻을 때 방문했던 부동산에 찾아가 우리의 계획을 말씀드렸다. 계획이라기보다는 예산이라고 해야 할까. 방문한 당일에 매물 몇 군데를 소개받아 둘러보았다. 호가는 예상을 웃돌았고, 마음에 드는 점은 마음에 들지 않는 부분에 의해 쉽게 가려졌다. 단박에 끌리는 집이 없었다는 이야기다.

달은 나 없이 혼자서 몇 번 더 원서동을 찾아갔다. 그리고 앞서 말했던 그 할아버지와 길에서 마주쳤다고 한다. 사실 그건 굉장한 우연은 아니다. 늘 밖에 나와 계시곤 했으니까. 그간 밀린 안부를 주고받으며 인사를 나눴고, 할아버지는 마치 옛날이야기에 등장하는 중요한 조연처럼 이 사람을 찾아가 보라는 말을 남겼다. 그분은 가게를 연 지 얼마 안 되는 부동산 사장님. 설화의 한 대목 같은 만남이었다. 부드러운 인상을 풍기는 사장님은 원서동의 어르신들이 그렇듯 이 동네에서 몇 십 년간 살았다는 자부심을 지닌 분이었다. 좁은 사무실 한구석에서 동네 분들이 모여 앉아 한담을 나누고 있었다. 믹스커피를 탄 종이컵에 립스틱 자국을 덧대며 나누는 이야기 속엔 "얘, 우리 집 이번에 전세로 내놓을 건데, 너희 딸 들어와 살라고 해" 같은 이야기들이 묻어 있었다. 그런 말들 사이로 까르르까르르 웃음도 흘러나왔는데, 나는 무엇이 웃긴 것인지 당최 알 수 없었다. 공깃돌을 굴리듯이 가벼이 억 단위의 농담을 나눌 수 있는 배포라니. 나는 적잖이 움츠러들었다. 다행스럽게도 그런 자잘한 웃음 섞인 말들 속에서 사장님만은 거기에 휩쓸리지 않는 강단 있는 자세를 보여주셨다.

사장님을 따라 우리는 원서동 골목 구석구석을 탐험하기 시작했다. 이 집 저 집, 그리고 다시 이 집, 저 집을 도는 사이 굉장히 재미있는 공간도 발견할 수 있었다. 이를테면 말도 안 되는 크기의 복층 집. 잘 다듬으면 독특한 느낌이 나는 작업 공간으로 쓸 수도 있을 것 같았다. 얼마 전 작고한 유명한 분이 살던 고택이 내려다보이는 집도 있었다. (나는 재빨리 "이 한옥이 철거될 일은 없겠죠?"라고 물었다. 사장님은 당연히 그럴 수는 없다고 했다.) 살던 이가 나간 후에 새로 수리를 싹 마친 집도 만났다. 싱크대부터 신발장, 조명, 화장실까지 고친 터라 집은 멀끔해 보였다. 거실과 안방의 넓은 창에 가까이 다가가니, 세상에, 꿈에 그리던 창덕궁이 눈앞에 고스란히 담긴다. 옛날 우리가 살던 집보다 더 언덕에 있어 이전에 볼 수 없었던 풍광까지 들여다보이는 집이었다. 창덕궁 담장 너머로 전각들이 차곡차곡 앉은 모습. 나는 거기에 쉽게 이끌렸다. 대책 없이, 훅.

그러나 역시 호가는 우리가 예상한 금액보다 높았다. 조금 더 기다려보자며 돌아서는 길. 애가 탔다. 그렇다. 나는 이런 종류의 기다림에 취약한 사람이었다. 속내를 드러내지 않고 묵묵히, 하지만 노련하게 간을 보다 적절한 낌새에 낚아채는 것. 나는 할 수 없다. 낚시를 하면 한 시간 만에 밑바닥을 드러낼 인간. 물밑의 밀당에 약한 인간. 당신이 세 시에 온다고 하면 두 시부터 안절부절못할 인간. 세 시에 온다고 해놓고, 네 시에 온다면 절연을 고려할 인간. 이런 종류의 사람을 흔히 개복치라고 하던가. 개복치는 낚싯줄에 매달릴 운명이지 결코 낚싯대를 잡을 운명은 아닐진대, 부동산 시장은 밀당의 바다, 나는 수심을 모르고 뛰어든 한 마리 흰나비였다.

구렁이가 나타났다

마음을 다스리던 중, 한 통의 전갈을 받았다. 달과 부동산 사장님이 통화하던 순간 옆에 계셨던 아주머니가 자기 집을 내놓으려 한다는 소식이었다. 다만 정식으로 시장에 내놓는 매물은 아니고, 마침 말이 나왔으니 우리에게만 보여주고 살 마음이 없다면 그냥 세를 놓으려 한다고. 퇴근하자마자 부랴부랴 부동산으로 향했다. 아주머니네가 육 년간 살았던 집인데, 바로 옆 골목으로 집을 넓혀 이사를 간다고 했다. 부동산 사장님도 옆에서 계속 말을 거들며 그 집이 정말 예쁘다는 칭찬을 늘어놓았다. 앞서거니 뒤서거니 걷는 우리의 마음은 콩닥콩닥 뛰었다.

집에 도착해 거실로 들어서는 순간, 이 집이 가진 장점을 한눈에 알 수 있었다. 탁 트인 전경. 마침 해가 뉘엿뉘엿 지고 있었다. 날씨 또한 맑아서 붉게 물들어가는 북촌의 낮은 지붕들과 그 너머로 보이는 광화문과 인왕산까지 시야에 담겼다. 아는 것 하나 없이 이 시장에 뛰어든 나도, 이게 좋은 것이라는 사실은 알 수 있었다. 내 안의 욕망이 다시금 자리매김하기 시작했다. 변하지 않는 동네의 변하지 않는 풍경. 그래, 내가 찾고자

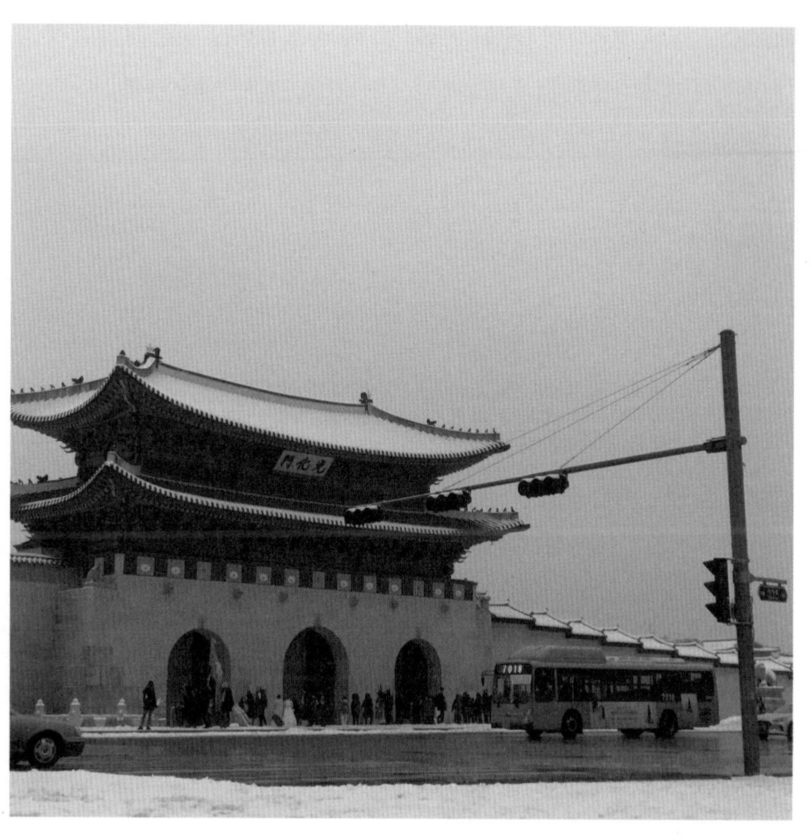
光化門

한 건 이런 것들이지. 계단을 돌아내려오며 결심했던 것 같다. 여기다, 라고. 부동산 사장님과 인사를 나누고, 인근 학교 운동장 벤치에 앉아 그 집을 하염없이 올려다보았다. 그 집과 나란히 선 몇 개의 집들. 오랜 세월을 딛고 오늘도 아름다운 하늘과 마주하는 집들. 나무 그늘에 숨어 하나둘 불을 밝히는 집들을 올려다보는데, 시선을 빼앗는 한 집이 있었다. 거실 가득 드리운 탐나는 조명. 이런 곳에 우리 같은 사람들이 들어와 살기도 하나 봐. 집에 돌아오면서 우리는 어느 정도 마음을 정했다.

사실 그 집의 가격은 생각보다 비쌌다. 평수가 넓은 까닭이다. 원래 우리 목적은 넓은 집이 아니었다. 4인 가족을 기준으로 한 집은 제외하고 싶었다. 앞으로 그런 사람들은 여기 이 구도심을 떠날 테니까. 부동산이라는 단어에 으레 딸려 나오는 조건 중 으뜸가는 것은 학군이 아니던가. 내가 잘 모르는 시장에서, 남들이 좋다고 말하는 가치에 따라 휘둘리고 싶지 않았다. 나는 아직 학군의 중요성을 뼛속 깊이 체감하지 못하며, 따라서 어디가 좋은 곳인지 흘려들을 수밖에 없고, 무엇보다 그런 곳은 진입 장벽이 이미 높다. 나는 가본 적 없는 곳을 더듬기보다 온전히 내가 무엇을 필요로 하는지를 생각했다. 도심과 가까운 직장을 다니며, 혼자 혹은 둘이 함께 살고자 하는 사람. 이들에게는 신도시의 대단지 아파트가 필수적이지 않다. 넓은 평수는 더더욱 불필요하다. 학군은 관심 밖의 영역이며, 매일 긴 통근 거리를 감내하고 싶어 하지 않는다. 4인용 식탁을 필요로 하지 않는 사람들. 다양한 문화생활과 여가나 사교에 대한 욕망이 더 우선적인 사람들. 거기다 독보적인 서정성을 얹은 곳. 나는 나의 욕망에 충실하고자 했기에 또 한 번 덥석 미끼를 물었다.

그러나 그리 호락호락한 일이 아니었다. 아주머니는 잠시 망설이며 뜸을 들이더니, 처음에 협의한 가격에 천만 원을 더 얹어 부르신다. 사실 그 가격도, 마른행주를 쥐어짜고 또 쥐어짜듯 여기저기서 신용을 팔아야 했던 것이었는데. 마치 롤러코스터를 탄 기분이었다. 기쁨, 망설임, 절망, 절망, 절망. 원래 눈앞에 아른거리는 걸 뺏기면 사람이 확 돌아버리는 것일까. 천을 더 얹어 부른 가격도 고심 끝에 승락했는데, 마지막 통보가 날아든다. "가족들이 반대해서 못 팔겠어요. 미안해요."

더는 아무 말도 할 수 없었다. 더 좋은 곳이 나타날 것인가. 여기는 매물이 실시간 전산으로 공유되는 곳이 아니다. 그 옛날 복덕방처럼 사장님과의 친분이 우선하는 곳. 제각각의 입지와 미묘한 방향에 따라 많은 것들이 달라지는 곳. 시세보다 주인의 마음이 앞서는 곳. 무엇보다 매물 자체가 흔하지 않은 곳. 그래도 별수 있나. 우리는 마음을 추스르려 애썼다. 이 모든 일이 2주 남짓한 시간 안에 일어났으므로 우리의 피로도는 컸다. 그러던 주말 아침, 커피와 빵으로 늦은 식사를 하던 중 달이 말했다. "나 어젯밤에 이상한 꿈을 꿨어." 달은 원래 스펙터클한 꿈을 자주 꾸는 터라 나는 그냥 무심하게 듣고 있었다. "자전거를 타고 가다가 계단이 나와서 멈췄는데, 멈춘 자리에서 커다란 구렁이가 기어 나왔어. 그리고 구렁이가 다 나오고 나니 작은 독사들이 나와서 도망갔어." 달은 자신이 어떻게 영리하게 독사를 따돌렸는지 자랑했다. "그래, 뱀이 쫓아올 땐 옆으로 도망가야 한다더라. 방향 전환을 잘 못할 테니까" 하며 이야기를 거들어주다가 다시금 무심하게 한마디를 했다. "원래 설화 같은 데 보면 구렁이는 집터랑 연관이 있어. 구렁이는 좋은 애니까, 살던 구렁이가 나가면 집이 폭삭 망한다는 이야기도 있잖아. 구렁이는 사람을 해치지 않는 순한 애일걸?" 거기까지 말을 잇는데, 빵을 입에 문 달의 눈빛이 달라졌다. 그러더니 후다닥 옷을 입고 집을 나섰다. "나 지금, 부동산에 가봐야겠어." 그런 달을 놀란 눈으로 쳐다보다가 얼결에 배웅을 했다.

축대 위에 선 등대

잠시 딴짓을 하는 사이 부재중 전화가 두 통 와 있었다. 살짝 두근거리는 마음으로 전화를 걸었으나 받지 않는다. 숨을 고르며 예상 가능한 대화 내용을 상상한다. '왜 전화했어?' '테라로사에 왔는데 원두 뭐 사갈까?' 아마 이런 것일지도 모른다. 괜한 기대를 했다가 맥 빠지는 상황은 피하려 스스로 김을 빼둔다. 이윽고 달이 도착했다. 신발도 벗지 않고 계단 앞에 서서 외친다. "가자! 집 사러 가자!"

허둥지둥 옷을 걸치고 차에 탔다. 부동산 사장님을 찾아가 "저 여기 매일 올 거예요. 좋은 집 찾아주세요"라고 말하니, 잊고 있던 매물이 있는데 지금 생각났다며 보러 가겠냐고 물었단다. 아마 매일 오는 게 싫었던 모양이다. 몇 개월 전에 내놓은 매물인데 주인이랑 연락이 잘 닿지 않아 보여줄 일이 많지 않았다고, 그런데 생각해보니 우리가 원하는 조건에 근접한 것 같다고 하셨단다. 그래서 가 보니 당장 나랑 오고 싶어졌단다. 들뜬 달의 목소리를 들으며 우리는 함께 그 집으로 향했다.

나와 비슷한 또래로 보이는 여자분이 문을 열어준다. 낯선 손님의 등장에 눈이 동그래진 아이도 있다. 집은 깔끔하고 정갈하다. 우리보다 일 년 앞서 결혼했고, 그때부터 지금까지 쭉 이곳에 살았다고 한다. 어린아이가 있는 집이 어쩜 이렇게 말끔할 수가 있는지. 가지런히 꽂힌 유아용 책과 거실에 깔린 소음 방지용 매트를 빼면 어른들만 사는 집 같다. 아이보리와 연한 나무색으로 채워진 집은 익숙한 느낌이다. 작은 공간에 들어맞는 소품들이 눈에 띈다. 갖가지 소품도 다 나무로 짠 것이라 집 전체가 잔잔하고 따뜻한 분위기다. 아주 마음에 들었다. 무엇보다 큼지막하게 자리 잡은 창 덕분에 눈 아래 거칠 것이 없다. 그간 켜켜이 모여 앉은 여러 집을 다니며, 시야를 가리는 풍광을 아쉬워했는데 여긴 그럴 곳이 없다. 창 앞에 서서 목을 길게 빼지 않아도 서울의 곳곳이 눈에 들어온다. 나는 부러 이 풍경을 자세히 묘사하고 싶어진다.

왼편을 바라보면 그곳이 광화문 광장 쪽, 그러니까 남쪽이다. 그곳엔 경복궁과 맞닿은 고층 건물들이 섰다. 저긴 어디, 저긴 어디, 하고 찾다보면 종각의 스카이라인도 더듬을 수

있다. 시선을 조금 더 가운데로 돌리면, 그 아래로 헌법재판소의 둥근 돔이 보이고, 감고당길에 들어선 학교들과 삼청동 어름이 보인다. 맞은편에는 정부청사와 경찰청 옥상에서부터 시작된 인왕산 자락이 병풍처럼 둘려 있다. 경복궁 안에 물든 단풍과 국립민속박물관 지붕에 눈길이 닿는다. 인왕산은 어느새 북악산과 이어지고, 그 안에 얌전히 담긴 북촌이 내려다보인다. 옹기종기한 북촌의 건물들은 야트막하고, 골목과 한옥 기와들은 어깨를 기대고 있다. 열쇠를 받아 옥상 문을 열고 올라가니 펜스가 없는 아찔한 옥상이다. 동쪽을 바라보니 창덕궁이 훤하게 들여다보인다. 사방으로 서울의 옛 도심이 훤한데, 그 흔적들은 경성을 지나 한양에 가깝다.

　나와 달은 옥상에서 온갖 호들갑을 다 떨다가 옆에 서 있는 집주인과 눈이 마주치고는 머쓱해서 웃고 말았다. 옥상에서 계단으로 내려오며 나는 말하고야 만다. "계약할게요!" 그러나 그분도 우리도, 이후에 어떤 절차를 거쳐야 하는지 모르기는 마찬가지다. 나는 일단 용기 있게 주인분의 전화번호를 얻어냈다.

결정적 순간에 튀어나오는 습관이라 해야 할까.

우리가 옥상에서 호들갑을 떠는 사이 아래층에서 아이 울음소리가 들린다. 그래서 우리는 서둘러 정중한 작별 인사를 건네고 헤어졌다. 내일 정식으로 계약하기로 하자 들뜬 마음에 그냥 돌아갈 수가 없었다. 우리는 동네 여기저기를 배회했다. 계동길을 걷다가 예전에 갔던 학교 운동장을 찾았다. 축대 위에 올라선 집 중에서 그 집을 찾아보다가 우리는 동시에 얼싸안았다. 언젠가 여기 이 자리에서 올려다보며 "저 집 참 예쁘네. 안에도 예쁘게 해놨을 것 같아" 했던 집이 이제 우리 집이다. 사람 없는 운동장에서 둘은 꺅꺅거리며 뛰었다. 검푸른 하늘 아래 예쁜 조명이 비추던 집. 그곳은 망망대해를 떠다니다 마침내 찾은 등대 같았다.

일이 되려면 그렇게 흘러가는 모양이다. 다음 날, 우리는 계약서를 썼다. 도장도 준비하지 못한 터라 엄지손가락에 인주를 묻히고 수십 개의 인장을 찍었다. 계약하던 중에 집주인의 아버지라는 분도 잠시 들렀다. 우리가 눈여겨본 나무로 만든 가구와 소품을 직접 만들었다는 그분은 지금도 삼청동에서 한옥을 짓는 정정한 목수셨다. 무사히 계약을 마치고 정독도서관 앞 언덕을 넘으며, 우리는 어쩔 줄 모르는 기쁨에 들떴다. 특히 나는 사대문 안에 있는 집을 샀다는 사실에 감격했는데, 그건 박완서 선생님의 작품을 너무 많이 읽은 이유일지 모른다. 바뀌지 않는 정경. 개발 제한과 고도 제한이 있는 동네. 허물 수 없는 궁궐과 미술관과 도서관이 있는 곳. 그게 내 안에 잠재한 영원성에 대한 갈망을 건드렸다. 영원을 추구하는 것을 담고 있는 작고 아담한 집. 이곳에서 하고 싶은, 할 수 있는 많은 재미난 일이 떠올랐다. 앞으로 일어날 우여곡절을 아직 모른 채.

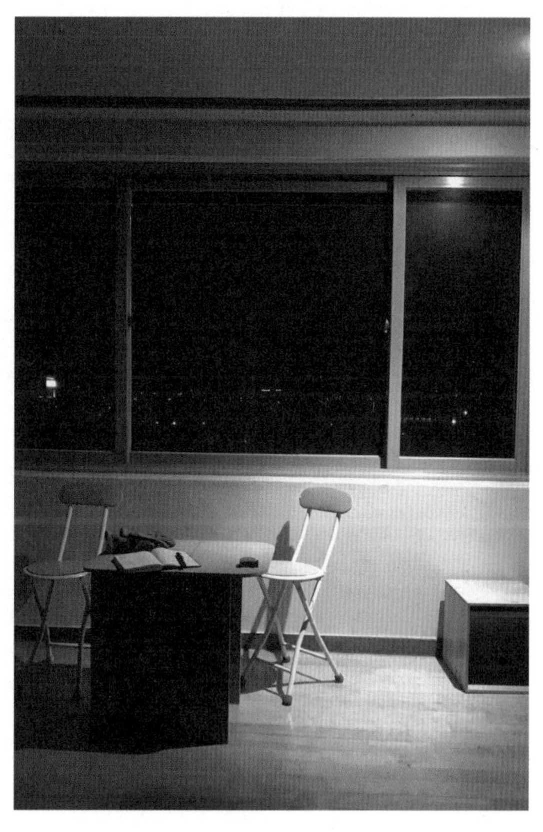

가치를 두고 겨루는 싸움은 판가름하기가 어렵다. 그것은 맞고 틀리다의 영역이 아니기 때문에 명쾌한 판결을 내릴 수 없다. 게다가 각자가 가진 가치관에는 그 사람의 인생이 켜켜이 스며 있다. 이를테면 기호, 취향, 호불호의 기준, 소비 성향과 정치관 같은 것들. 더 사소하게는 명확히 이유를 댈 수 없이 그저 좋은 것과 무턱대고 싫은 것이 존재한다. 그것들은 지난날의 역사를 흠뻑 머금고 있다. 그러니 나와 전혀 다른 가치를 지닌 사람과 진정한 화해를 하기란 쉽지 않은 일이다. 하지만 2000년대의 교육은 우리에게 다양성에 대해 가르쳐왔다. 서로 다름을 인정하고 존중하는 것이 '올바른' 일이라고. 비록 교칙에서 정한 길이를 넘는다고 머리칼을 숭덩 잘리더라도 앞으로 우리에게 펼쳐질 미래는 보다 열린 사회임을 믿어 의심치 않았다. 그렇게 우리는 행복하게 오래오래, 해피 에버 애프터라고.

그러나 종의 획일성을 주장하는 이가 세계 경찰의 수장이 되고, 자신이 무슨 말을 하는지도 모르는 이가 우두머리로 옹립됨을 알았을 때, 이 가정은 맥없이 무너진다. 알고 보니 구중 궁궐의 협잡은 빛바랜 이야기가 아니었으며 되레 기세등등하여 모두를 삼키고 있었다니. 역사는 제 나름의 답을 찾아 움직이고 모든 생은 과도기라 하여도, 분노와 절망은 상식을 초월했다. 어지러운 세상 속, 나와 달은 제각각의 가치를 내세우며 징글징글하게 싸워댔다. 큰일이 닥쳤을 때, 인간의 진면목이 드러난다고 했던가. 서로 사랑하는 사이라는 것을 너도 알고 나도 알면서도, 그래도 놓지 못하는 것들에 대해서는 사사건건 대립했다. 내가 대수롭지 않게 여겨 흘려보내는 일을 달은 꼼꼼하게 짚고 넘어가고자 했고, 나의 장밋빛 낙관론은 때때로 찬물 세례를 받곤 했다. 이렇게 지난한 싸움을 또 언제 했던가 떠올려보니 결혼을 준비할 때였다. 그때는 둘 다 피가 끓던 때라 내일이 없다는 듯 활활 타올랐다면, 이제는 잔잔하고도 끈기 넘치는 전투를 치른다. 이미 상대의 강점과 약점을 모두 파악한 이와의 전투. 아니, 저것은 내가 써먹으려던 논리가 아닌가? 불시에 허를 찔려도 담담한 척 표정 관리를 하며 다음 말을 벼르는 전투. 싸움이 계속되는 중에도 길고 긴 비관론을 딛고 피어날 프로젝트를 위해 우리는 함께 방산시장을 이 잡듯이 돌고 돌았다.

누구도 주말 아침부터 드릴 소리를 듣고 싶어 하지 않기에 목요일 저녁에 귤을 몇 상자 사 들고 건물 집집을 찾아다녔다. 모든 집을 들렀으나 모두 집에 없었다. 그리하여 양해를 구하는 편지를 정성껏 써 내려갔다. 이 편지를 쓰는 와중에도, 문구 선정을 두고 미묘한 신경전을 벌였다. 나는 어법에 거슬리지 않는 문체를 원했고, 달은 상식적으로 공손한 표현을 원했다. 현관문 앞에 곱게 놓아둔 귤과 편지 덕일까. 공사는 반나절 동안 별다른 민원 없이 순조롭게 진행되었다. 우선 상한 마루를 부분 교체했다. 뜯어낸 판을 유심히 들여다보던 기사님은 15년 전에 깐 마루라고 판정했다. 이제는 시중에서 구할 수도 없는 것이었다. 또 얼마간의 작업 후, 새로 뜯어낸 판은 2009년의 마루였다. 여기 살던 사람들이 이렇게 조금씩 수리를 했겠구나. 사연 있는 헌것에 매료된 나는, 파리나 뉴욕의 아파트를 떠올리며 혼자 웃었다. 새로 끼워 넣은 마루는 시간이 지나면 자

연스러운 빛깔로 그을린다. 그 전까지 눈에 덜 거슬리도록 즉석에서 묘안을 짜내서 완성한 모양은 어쩐지 일부러 만든 것 같았다. 그다음 날은 도배를 했다. 밖에서 작업이 진행되는 동안 우리는 작은방에 틀어박혀 아늑하고 재미있다며 킬킬거리다가 또 오후 나절 한바탕 싸웠다. 그간 인내로 묵힌 앙금이 다 완성되었나 보다. 그걸 펼쳐 이러쿵저러쿵하고 나니 도배도 다 끝이 나고, 날도 저물었다.

집에서 가져온 헌 수건을 걸레로 만들어 마루를 닦으며, 이게 새집을 산 사람들의 클리셰라고 말했다. 고되고 벅찬 느낌으로 바닥 닦기. 그러면서 둘이 싱긋 웃기도 하였으나 우리는 안다. 이렇게 단번에 해결될 일이 아니라는 것을. 이것은 가치관의 차이에서 비롯된 문제이기 때문이다. 그래도 이제는 달라진 것이 있다. 서로 달라도 그 차이를 줄여나가기 위해 혹은 서로에게 결정적인 상처를 주지 않으려 알게 모르게 서로를 배려하고 있다. 그래서 마음이 채 풀리지 않아도 함께 저녁을 먹고, 또 살 것들을 둘러보러 다녔다. 도배 기사님은 집을 떠나며, 벽지가 팽팽하게 잘 마르려면 일주일에서 보름 정도 창문을 닫고 보일러도 때지 않아야 자연스럽게 마를 거라고 귀띔해주었다. 활짝 열어두었던 창을 꼼꼼하게 잠그고 나오는 길, 달이 휘영청 밝다. 하루를 서른 시간처럼 쓰는 바쁜 날들이지만 달이 아름다운 것은 알아보았다.

댄스
댄스
댄스

정해둔 디데이는 점차 다가오는데, 하나 잊은 것이 있었다. 바야흐로 때는 십일월이라는 것. 매해 이맘때면 체력 고갈로 허덕이곤 한다. 계절을 옮겨가는 것도 힘에 부칠뿐더러 달력에는 온갖 일정이 촘촘히 적혀 있다. 과로를 이유로 쉴 수 없는 시기이니 자도 잔 것 같지 않고, 몸은 늘 무겁고, 실수를 막고자 늘 긴장한 날들이 이어진다. 게다가 올해는 덜컥 저지른 일 앞에서 숨 돌릴 겨를조차 없다. 무엇 다음엔, 무엇을, 그다음엔 무엇을, 중간에 구멍 난 일정을 어떻게든 메꾸고 나면 그다음 해야 할 일들이 줄을 서 기다린다. 조감도를 보듯이 전체를 보는 시야가 필요하다고 느끼지만, 차분히 생각할 시간이 없다. 민첩하고 기민한 발놀림으로 쓱쓱.

토요일 아침이 밝았다. 일찌감치 원서동으로 향했다. 도배와 마루 단장을 마친 집은 새하얀 모습을 하고서 기다리고 있다. 아무것도 없는 무의 상태. 커피와 빵으로 허기를 때우고 빠릿빠릿하게 움직이기 시작했다. 끊임없이 상자를 뜯고, 유격을 맞추고, 나사를 조이며 오후를 맞았다. 둘이 함께 방 하나의 작

업을 끝내고, 조금 쉬었다가 또 새로운 공간을 꾸린다. 무엇을 어디에 어떤 방식으로 배치하느냐에 관한 작은 입씨름도 이어졌다. 서로의 실수가 아닌 변수도 종종 등장한다. 이렇게 놓으면 딱 맞겠다고 사서 조립한 선반이 1센티미터 정도 남는다. 예쁘게 잘 쓸 수 있겠다 싶었던 트롤리도 길이가 애매하다. 지금 기세로는 뭐든 다 해치울 수 있을 것 같으나 우리 수중에 톱이 있을 리가 없다. 점점 상황이 늪에 빠져도 마냥 무릎 맞대고 앉아 네가 맞니, 내가 맞니 싸울 겨를도 없다. 가볍게 툭 상황을 정리하고 이내 다음 스텝을 밟는다. 이런 걸 장족의 발전이라 하는 걸까.

그렇게 차차 집의 모양이 갖춰진다. 둘이 마주 앉아 열심히 뚝딱뚝딱한 결과다. 특별히 고르고 고른 소품들은 마음을 울렁이게 한다. 팔불출의 마음이 이런 것일까. 요모조모 둘러보고, 보면 볼수록 어여쁘다고 치하한다. 그러니까 이야기하다가 갑자기 손가락으로 가리켜 "와! 저기 햇살 들어오는 각도 좀 봐!" 하고 외치는 식이다. 그럼 상대도 가만히 있지 않는다.

“와! 진짜 좋아! 진짜 따스해!” 그러다 내키면 갑자기 얼싸안고 춤을 춘다. 틈틈이 완성되어가는 공간을 사진으로 남겨 가족이며 친구들 대화방에 올리곤 했으니 역시 팔불출이 맞나 보다.

끼니를 때우다 문득 떠오른 아이디어에는 살이 붙고 있다. 주거니 받거니 나누는 한담 속에서 일련의 이야기가 만들어진다. 흔한 동네 길을 걷다가도, 해 지는 서산을 바라보다가도, 마음이 그리 저절로 굴러간다. 좋은 신호다. 절로 굴러가던 마음에 차곡차곡 살이 붙으면, 삶의 새로운 갈피가 펼쳐지곤 했으니.

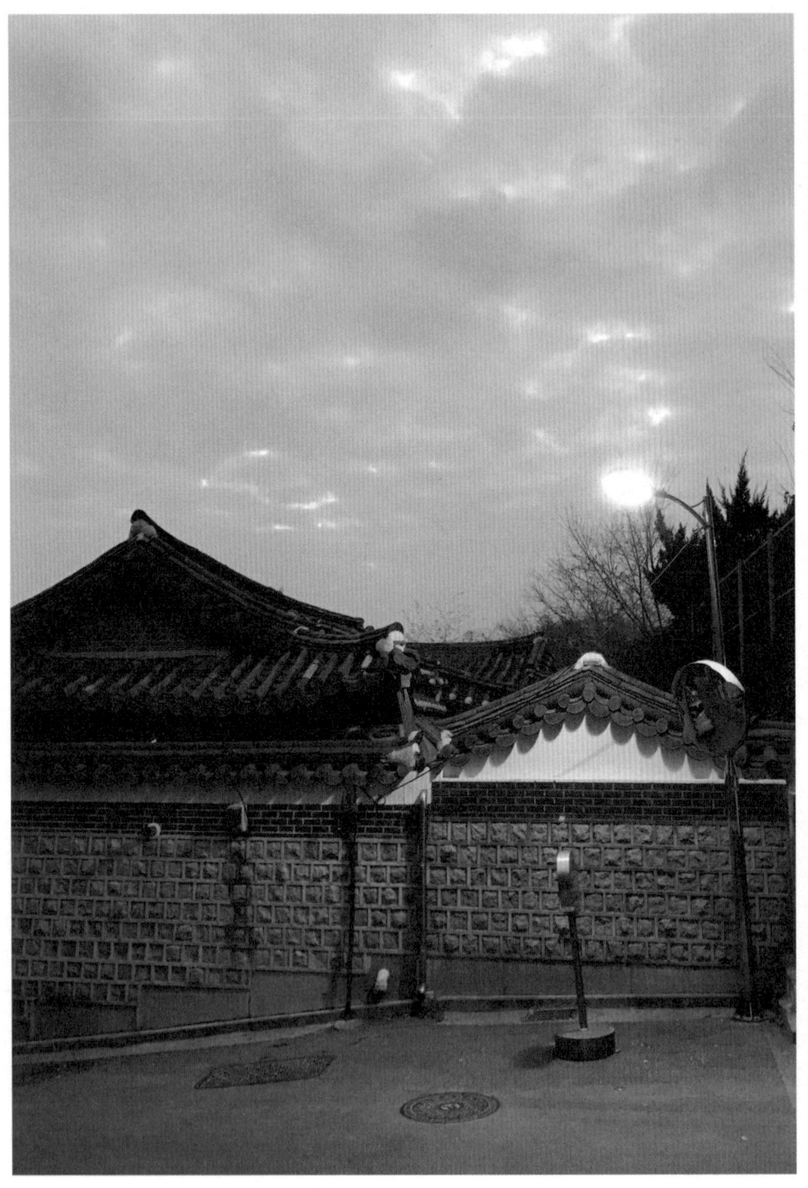

자기만의 방

며칠 전 등기가 도착했다. 집의 소유자가 되었음을 알리는 국가의 승인이었다. 그러나 감격을 느낄 새도 없이 등기 서류는 식탁 위에 방치되어 있다. 우리는 퇴근하자마자 원서동에서 만나 작업복으로 갈아입고 갖가지 일에 착수했다. 어두워지는 하늘을 바라보며 커튼을 달고 전등을 달았다. 주방 집기를 정리하고, 책을 꽂아두었다. 캄캄한 밤에 집에 돌아오면 뒤척임 없이 쓰러져 잤다. 그런 날들이 연이어 이어졌다. 재작년이나 작년 가을에는 링거를 맞으며 버텼는데, 올해는 이상하게 그 나락까지는 떨어지지 않는다. 몸은 피곤해도 마음은 기운차다. 단지 필요한 것은 시간뿐. 이 집의 의미를 생각할 시간이 필요했다.

이곳을 어떤 공간으로 만들고 싶은지를 두고 많은 이야기가 오갔다. 거기엔 우리의 지난날이 묻어났다. 우리가 다닌 곳들, 머문 곳들, 읽은 책들과 경험한 많은 것들이 그 사이를 흘렀다. 집을 떠나 혼자만의 공간을 처음 꾸렸던 스무 살 때부터 지금까지의 시간. 낯선 공항에 발을 디뎠을 때 두근거리던 마음이 새록새록 떠올랐다. 그렇다면 이 이야기의 시작은 2011년이 될 터이다. 그해 여름, 달과 나는 한 달 동안 여행을 했다. 서로를 아주 잘 안다고 믿었던 풋내기들의 용감한 행보. 그 첫 기착지는 바르셀로나였다. 나는 그런대로 괜찮았는데, 달은 여럿이 함께 쓰는 혼성 도미토리를 못 견뎌 했다. 그런 달이 혼자 뭘 한참 들여다보더니 여기에 가보는 것이 어떻겠느냐고 제안했다. 그렇게 짐을 옮긴 곳이 훌레스의 집이었다. 훌레스는 바르셀로나에 사는 프랑스 사람으로 2미터가 넘는 키에 말수가 적었다. 프리랜서 요리사이자 예술가라는 그가 그린 그림이며 조각들로 채워진 아파트에서, 우리는 테라스가 딸린 방에 묵었다. 테라스에 잠시만 나서도 금세 뒤통수를 데우던 스페인의 태양이 닿는 방이었다. 훌레스는 우리가 편히 쉴 수 있게끔 뒤편에 딸린 작은 방과 작업실에 조용히 머물렀다. 열린 문틈으로는 향이 좋은 보라색 연기가 흘러나왔다. 스페인 특유의 무늬가 그려진 바닥 타일, 해가 잘 들던 연노란색 벽면, 투우 모티브의 조각과 그림들. 우리가 처음 겪은 이국의 집이었다.

이후 우리는 그런 방식의 여행을 계속했다. 마드리드의 엄

청나게 덥던 복층 아파트(새벽녘이 되어야 선선한 바람이 들어 겨우 잠이 들었다), 소렌토의 바다가 보이던 할머니네(아침마다 모카 포트로 내린 커피를 한 사발씩 주었다), 베로나의 몹시 귀여운 집(공기 온도가 다름을 느껴 달력을 헤아려보니 어느새 입추), 이스탄불의 놀랍도록 넓은 집까지(집주인인 튜나가 손수 꾸민 티가 역력하던 신혼집). 그렇게 한 달여의 타향살이를 끝내고 돌아왔다. 그 여행은 우리 기억에 오래 남았다. 숨겨둔 주전부리를 꺼내 녹여 먹듯, 심신이 지치고 피로할 때면 기억들을 하나씩 꺼냈다. "튜나네 베란다 좋았는데, 비둘기가 가끔 찾아오는 거 빼고. 라마단 북소리도 들렸지." "마드리드 집에 치과대학 졸업장이랑 치아 모형 있었잖아." "할머니가 추천해준 할배 파스타 집 진짜 맛있었지, 그 동굴 레스토랑." "훌레스는 정말 키가 컸어." 둘이서 하도 주워섬겨 구전설화가 되어버린 이야기들.

그 이후로도 새로운 여행을 계획하면 늘 그 도시의 집을 먼저 찾았다. 파리의 다락방이 딸린 아파트, 마레 지구 공원과 마주한 아파트, 뉴욕 로어 이스트 사이드의 작은 스튜디오 같은 곳. 하나같이 작고, 엘리베이터가 없는 건물의 가장 높은 층에 위치해 있으나 친절한 호스트들이 힘든 내색하지 않고 선뜻 캐리어를 날라주었던, 새로운 도시의 새로운 집들. 낯선 곳이란 점을 빼면 그곳에서 일어나는 일들은 별것 없었다. 장을 보고, 저녁을 차려 먹고, 커피와 맥주를 마시고, 늦잠을 자는 일상이었다. 빨래를 해서 널고, 책을 뒤적이며 빵을 물어뜯는 아침은 서울에서 보낸 주말과 크게 다르지 않음에도 사랑스러웠다. 무엇보다 흔한 일상 속에 비일상의 내가 놓여 있었다. 하루 대부분을 출근에서 퇴근까지로 소모하고, 그 외에는 잘게 토막 나 있던 서울의 시간. 조용히 책을 읽고, 홀로 생각할 시간은 짬을 내어 발굴해야 하는, 집중까지 가닿기엔 적잖은 예열이 필요했던 서울의 여가. 그러나 여행 중에는 자유롭다. 나는 내가 행복할 수 있는 요소들을 자잘하게 늘어놓고 마음껏 노닐 수 있다. 가사가 선명하지 않은 음악을 틀어두고, 맥주나 커피를 옆에 둔 채, 노트북을 펴고 앉아 활자를 고르는 시간. 볕 좋은 자리에 앉아 털을 헤집는 고양이처럼 나는 그 시간 안에서 충만한 행복을 느꼈다.

그런 기억들을 좇아 여기 원서동에 그런 공간을 부려놓고 싶었다. 여행 중이라도 좋고, 주말 나들이여도 좋을 시간을 담은 곳. 걸어서 닿을 수 있는 거리에 있는 도서관과 미술관, 갤러리와 궁궐, 편하게 들를 만한 카페와 빵집, 밥집, 역사 속 골목들을 헤집다가도 금세 돌아와 쉴 수 있는 곳. 종일 해가 잘 드는 집. 좋아하는 음악을 선곡할 수 있는 오디오. 앉아도 좋고 누워도 좋을 푹신한 소파. 비일상 속에서도 생활을 위한 냉장고와 세탁기는 건재한 곳. 간단한 식사나 밤참을 준비할 수 있는 작은 부엌에 카페인을 채워줄 커피머신이 딸린 집. 오래된 책장과 책상, 그 위에 놓인 앤티크 스탠드, 그리고 포근한 이불이 덮인 침대까지. 어느새 일련의 동선이 만들어진다. 거기엔 꾸민 이의 취향이 잔잔한 가운데 머무는 이가 채울 여백이 있다. 자잘한 의무와 책임에서 벗어나 자신만의 시간을 온전히 누릴 수 있는 공간. 아무런 방해 없이 시간을 흘려보낼 수 있는 곳. 지금 내가 당장 머물러도 불편 없을 곳. 아니, 몹시 마음에 들어 할 곳.

이 집의 이름이 정해졌다. 엉겁결에 정한, 그러나 생각할수록 마음에 들어오는 이름. '우리에게 약간의 돈과 마음껏 외로울 수 있는 공간이 주어진다면'이라는 가정에서 착안한 이름. '자기만의 방'. 따스하고 아늑한 공간을 만들기 위해 발품과 손품을 판 후 겨우 허기를 달래던 저녁 자리에서, 그 이름은 그렇게 내게로 왔다.

북촌에 내리는 눈

눈앞의 풍경을 보고 있으면서도 “말도 안 돼”라는 말을 계속하게 된다. 동쪽 하늘에 뜬 해가 비스듬히 북촌을 비춘다. 오늘도 오래된 교회의 흰 벽은 아침 햇살을 받아 황금빛으로 빛나고 있다. 밤새 흐리더니 지상의 풍경 위로 눈이 소복하게 내려앉았다. 쌓인 눈은 목화솜 이불처럼 보인다. 이불솜에 얽힌 실재적인 추억이 없음에도, 그걸 떠올리면 화롯불 속에서 익어가는 햇밤을 골라 쥐고 전래동화의 한 대목을 듣는 듯한 흐뭇한 기분이 든다. 곶감이 무서워 겅중겅중 뛰는 호랑이, 얼음이 언 강둑에 앉아 태연하게 거짓말하는 토끼 이야기를 들으면서 살얼음 낀 차디찬 국수를 먹어야 할 것만 같다. 설화와 동화에서 시로 이어지는 간접 경험의 세계다. 낮게 어우러진 기와와 그 위에 쌓인 눈을 보면 문학이라는 카테고리 안에 있는 이것저것이 절로 섞인다. 그렇게 나의 토양이 만들어진다. 용기 없는 내가 하루하루를 사는 덕은 다 이렇게 주워듣고 어깨너머로 발돋움하며 바라본 무엇들에서 비롯되었다. 이런 것도 있다며 일러준 누구, 다른 길도 있다고 알려준 누구, 먼저 산 사람들이 남긴 글. 그

것들에 힘입어 고개를 든다. 운동장에는 누군가 벌써 이른 발자국을 남겨두었다. 촘촘히 모인 발자국들은 규칙적인 선을 그린다. 자박자박 눈 밟는 소리를 생각하며 웃을 수 있는 것은 오늘이 일요일이어서 그럴 테지. 창 너머로 교회에서 울리는 종소리가 들린다. 종소리 사이로 까치 울음소리도 끼어든다. 한 오백 년 전에도 이렇게 눈 내린 날 아침, 까치가 울었을 것이다. 반가운 손님이 오나 보다 했을 것이다. 나도 창가에 고개를 붙이고 앉아 반가운 손님이 오길 기다려본다.

첫 번째
손님

오랜 친구가 '원서동, 자기만의 방'의 첫 번째 손님이 되었다. 한국을 떠나기 전, 서울에서 머무는 마지막 밤이었다. 송별회는 조촐하고 소박했다. 골목을 헤집으며 밥과 커피를 먹고, 카페 직원의 도움을 받아 사진을 찍었다. 커다란 크리스마스트리 옆에 선 우리는 불현듯 손에 손을 잡았다. 손을 엇갈려가며 굳게 잡은 모양은 정상회담에서나 보았던 것이라 다 같이 웃음을 터트렸다. 첫 손님은 아주 잘 잤다는 짧은 인사말을 남기고 월요일 새벽녘 공항으로 떠났다. 몸 건강히 즐거이 잘 지내란 인사에, 친구는 자기가 몇 개의 흔적을 남겨두었으니 찾아보라고 했다. 내가 변기 물을 내리지 않은 거냐 되묻자 수화기 너머에서 웃음소리가 흘렀다. 친구는 정말 군데군데 흔적을 남기고 갔다. 폭스바겐 미니버스와 자전거, 포클레인 피규어. 몇 년의 긴 여정으로 한국을 떠나는 이의 가방 속에 대체 왜 그것들이 들어 있었는지 모르겠지만, 친구의 마음은 귀엽고도 귀여웠다.

이렇게 훈훈하게 서막이 올랐다면 좋았으련만, 침실 벽에서 이상한 징후가 관찰되었다. 새로 바른 벽지 위로 희미하게

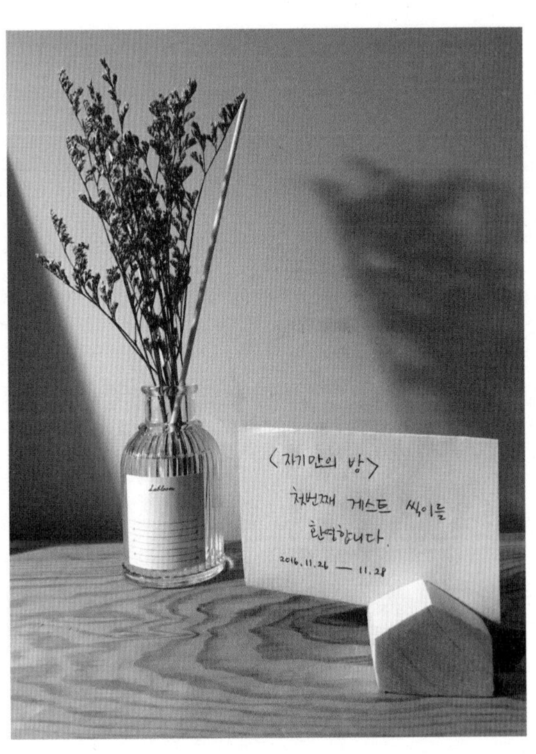
<자기만의 방>
첫번째 게스트 씩이를
환영합니다.
2016.11.26 — 11.28

떠오르는 점들. 처음 벽지를 떼어낼 때만 해도 보이지 않던 거였다. 색깔은 은은한 연보랏빛, 모양은 작은 꽃송이. 아무리 긍정적으로 생각해봐도 결론은 하나였다. 훈훈한 방 안에서 습기를 머금고 피어난 곰팡이다. 모르는 척 놔두면 벽은 아름다운 연보라 꽃밭이 될 터. 망연자실한 마음을 뒤로하고 여러 해결 방법을 검토했다. AS를 받는 방법, 새로 공사를 하는 방법 1, 방법 2, 방법 3 등등. 당연히 일은 일사천리로 물 흐르듯 진행되지 않았다. 인생의 속성 자체가 그렇지 않음에도, 어리석은 나는 갑자기 튀어나오는 복병을 만날 때마다 여전히 스트레스를 받는다. 그러나 앞선 이야기들에서 등장했듯, 우리의 논쟁은 한층 온화한 방식으로 도약했다. 서로를 덜 자극하고, 다양한 정보를 수집하고, 상대를 배려하는 마음으로 마음에 크게 그리는 참을 인 자.

우리가 택한 방법은 가장 명쾌하고도 제일 고된 것으로, 바로 우리의 노동력을 이용하는 것이었다. 벽을 죄다 뜯어내고, 습도를 조절하는 친환경 자재를 벽에 칠하기로 했다. 그러기 위해서는 새로 바른 벽지 밑에 있는 옛날 벽지까지 모두 뜯어내야 했다. 잘 떨어지지 않는 부분은 분무기로 흠뻑 적시고, 물기를 먹어 살짝 들뜬 끄트머리를 잡아당긴다. 딱 달라붙은 스티커를 떼느라 용을 쓰는 딱 그런 기분이었다. 무럭무럭 치미는 짜증은 무술인에 버금가는 스크래퍼 질로 해소했다. 사각사각 피어오르는 먼지로 목을 적시며 작고도 광활한 벽을 지워나갔다. 에너지를 채우기 위해 밥을 먹고 돌아와서도 다시금 벽에 달라붙는다. 오디오에서는 가수 이적이 노동요를 불러주는 길고 긴 밤.

며칠을 고군분투한 끝에 까슬까슬한 맨 벽을 마주했다. 이제 벽에 습도 조절용 벽재를 바를 차례다. 지점토 같은 재질의 벽재에 알맞게 물을 부어 농도를 조절한 후, 급조해 만든 나무 팔레트에 덜어 벽에 바른다. 물론 처음에는 무엇이든 재미있다. 점차 무념무상의 시간이 흐른다. 말수는 점점 줄어든다. 뚝뚝 흐르지 않게, 평평하게 펼쳐 열심히 덧대고 입혀 두꺼운 벽을 만들어나간다. 곰팡이란 곰팡이는 죄다 범접하지 못하게 결계를 치는 기분이다.

심란한 마음엔 커피가 제격이니 수시로 들이켠다. 힘이 달릴 때는 밥을 먹는다. 집에서 제일 가까운 밥집은 이탈리안 레스토랑으로, 집을 나와 2분 남짓 걸으면 보이는 곳이다. 신혼 시절 때도 있었던 곳인데, 사 년이 지난 지금도 건재하다. 맛은 더 좋아졌다. 맛있게 싹싹 비우고 나서 계산하려고 보니 둘 다 지갑을 안 들고 왔다. 잡은 물고기 밥 안 준다는 말이 이렇게 통용되는가. 달은 지갑을 가져오겠다며 먼저 나섰고, 계산대에서 있던 직원은 남편이 안 돌아오는 것 아니냐며 농담을 했다. 나는 호시탐탐 달아날 기회를 엿보는 대신 얌전히 앉아 달을 기다렸다. 눈이 펑펑 내렸다.

어느 달밤에

어제는 퇴근을 원서동으로 했다. 어깨에 멘 에코백에는 잠옷이며 충전기며 한약에 사과까지 들어 있었다. 달은 벌써 며칠째 원서동에 머물고 있다. 근사하게 꾸며놓은 방에서 코오코오 잠드는 대신 조그만 방에서 쪽잠을 자며. 우리는 밖에서 저녁을 먹으며 차후의 계획에 대한 논의를 거듭했다. 이야기는 또 잠시 심각해지기도 했다. 돌아와서 마저 작업을 하다가 나는 먼저 잠들고, 달은 늦게까지 계속 일했다.

옛 추억이 깃든 빵집에서 달이 아침을 사 왔다. 나는 계단을 오르는 발소리를 듣고 서둘러 사과를 썰었다. 커피와 함께 아침을 먹으면서도, 오늘 해야 할 일을 계획한다. 이 모든 것들이 처음 해보는 일이다. 그러니 방향에 대한 감을 잡기도 어렵거니와 일의 진척도 더디다. 나름 둘이서 열심히 애를 쓰고 있다. 몸은 고되나 여기에는 어떤 종류의 건강함이 있다. 거창한 의의를 찾지 않아도, 손놀림 하나하나에 의미가 있다.

달이 초벌 페인트를 바르는 동안 나는 세월이 가득 서린 창틀을 청소했다. 일을 끝내놓고, 달의 작업 현장으로 빼꼼 들

어섰다. 그리고 롤러를 받아 들어 칠하기 시작했다. 과감한 롤러질. 이게 은근히 재미있다. 강아지 몸통 같은 롤러에 페인트를 골고루 묻힌 후에 벽에 대고 굴린다. 너무 세게 돌리면 페인트가 튄다는 조언을 들으며, 나는 몸을 털어 물을 튕기는 강아지를 떠올렸다.

얼추 완성되어간다 싶을 때마다 부지런히 사진을 찍어두었다. 이때는 이렇게 재정비의 날이 빨리 닥칠 줄도 몰랐다. '언젠가 우리 손으로 집을 하나하나 고쳐볼 날도 오지 않겠어?' 하던 생각이 이렇게 실현될 줄이야. 실전은 녹록지 않아서, 오늘은 단말마의 외침까지 듣고 말았다. 닫힌 방문 너머에서 달의 비명이 들리길래 서둘러 달려가니 달이 무릎을 꿇은 채 끙끙거리고 있다. 벽면 콘센트를 제거하다 감전이 되었다. 집 좀 고쳐보려다 남편을 보낼 뻔했다. 우리는 놀란 가슴을 쓸어내리고, 다시금 작업에 몰두했다. 그래, 한국 사람 어디 안 가지.

아침은 빵과 커피로, 점심은 컵라면으로 먹고서 이른 저녁을 먹으러 나갔다. 집에서 제일 가까운 밥집을 찾아가 또 똑같은 파스타와 리소토를 먹었다. 우리의 표정은 어제보다 한결 환하다. 어렵긴 어려운데 신나고 뿌듯하고 재미있다는 말로 대화는 마무리된다. 예상했던 날짜는 하루씩 미뤄지고 있으나 그런대로 방향도 맞지 싶다. '뭐 언젠가는 끝나지 않겠어' 하는 밝은 마음 덕분인지 어제도 예뻤던 달은 오늘도 저리 예쁘게 떴다. 새초롬하게 고운 달. 원서동의 밤이다.

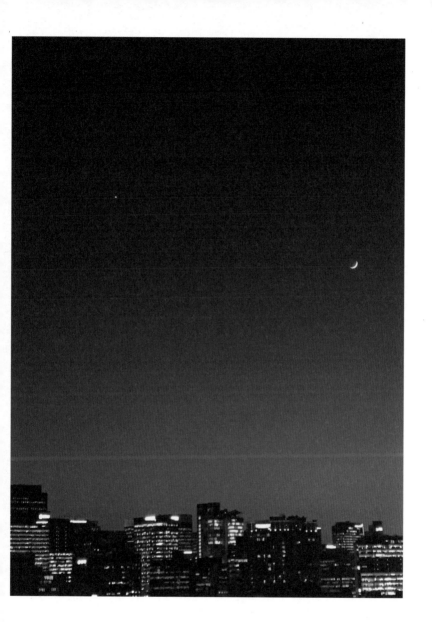

이곳은
등대와도
같아서

헌법재판소 앞까지 걸어가 치킨과 맥주로 축배를 들었다. 밤바람은 찬데 오고 가는 이들의 얼굴이 밝아 모두가 비슷한 마음임을 알았다. 집에 돌아와 뜨거운 물로 샤워를 하고 나오니, 달이 창가에 달아놓은 전구 불빛이 반짝인다.

우리도 모르는 사이 찾아온 한 해의 끝. 이다음에는 '어쩐지 올해는 많은 일이 있었다'로 시작되는 문장을 써야 할 것만 같다. 정말이지 많은 일이 있었다. 모두에게, 우리에게, 나에게. 늘 단념과 비관을 내뱉던 내가 이곳을 마련한 것을 알고, 몇몇은 이제 그간 말해온 계획을 접은 것이냐고 물었다. 이를테면 이민이나 퇴직 같은 것들. 어쩌면 그렇게 생각할 수도 있겠다. 직장을 그만두고 싶어 새로운 갈피를 찾아 헤맨 것임에도, 새로운 결정 앞에 더 열심히 직장을 다녀야 한다는 아이러니에 빠지게 되었으니. 그러나 나는 이 이야기가 어떤 매듭의 끝이라고는 생각하지 않는다. 이곳은 나의 등대와도 같아서, 나는 여기 이 불빛을 바라보며 안도하고, 그 위안으로 더 멀리 떠돌 수 있겠다고 생각하므로.

드디어 집의 이름이 그 주인을 찾았다. 아끼는 책이라 가져다 놓을까 말까, 새로 사서 둘까를 망설이다가 집에서 보던 책을 가져와 놓았다. 적당히 낡은 책을 펼치면 군데군데 인상 깊은 구절에 쳐두었던 밑줄이 보인다. 줄 친 부분이 몇 장 걸러 하나씩 나오는 걸 보면 내 감동의 농도를 짐작할 수 있다. 적당히 걸어둔 꽃. 적당히 꽂아둔 화병. 적당히 놓아둔 장난감들. 어쩌면 그게 이 공간의 아이덴티티가 아닐까 생각했다. 적당히 혼자서 쉴 만한 자기만의 방.

늦은 밤이었으나 다음 날 출근 걱정을 하지 않아도 되는 밤이기도 하여 커피를 한 잔 내렸다. 작은 책상에 놓아두고 한 모금씩 홀짝이며 글을 쓴다. 잔은 조금 전 비웠고, 글도 끝나간다. 머리를 마저 말리고, 긴 단잠을 자야지. 오늘은 그래도 좋은 밤이다.

즐거운 노동

모르는 사람이 집에 묵는 것은 처음이다. 두근거리는 마음으로 '자기만의 방'에 온 두 번째 손님의 체크인을 기다리는데 연락이 왔다. 집회로 차량이 통제되어 늦게 도착할 것 같다고. 기다리고 싶었지만 갈 곳이 있어 그가 오기 전에 집을 나와야 했다. 마지막으로 휘휘 둘러보고 난 후, 신발을 신고 나오기 전에 집의 모습을 다시 한번 눈에 담아본다. 어여쁜 우리 집.

뚫린 도로를 찾아 도심을 빙글빙글 돌았다. 내비게이션이 일러주는 것과 나의 직감을 반반 섞어 전진 또 전진. 그렇게 도착하고 나니 시간이 남는다. 잠시 호흡을 고르고, 마음을 다스린다. 긴장하면 배가 고픈 줄도 모른다. 점심을 쿠키 두 개와 생강차로 때웠는데도 뭘 먹고 싶다는 생각은 들지 않는다. 편의점에서 물 한 병을 사 들고 드디어 입성한 곳은 이름도 귀여운 '연어전'. 그 옛날 또록또록하던 알들이 자라, 일 년에 한 번 해방촌까지 거슬러 올라오는 날이다. 독립서점인 스토리지북앤필름을 통해 독립출판물을 발행한 작가들이 한데 모여 어우러지는 행사다. 뭔가를 만들어보고 싶어 이리저리 발돋움하던 이들이 머쓱하게 웃으며 만나는 자리. 책으로만 만나던 작가를 직접 만나 작업 후기와 앞으로의 계획을 듣는다. 좋은 자리에 빠질 수 없는, 용기를 곁들인 덕담도 마음껏 오고 간다. 나는 엉겁결에 워크숍까지 하나 맡고 말았다. 보통 이런 일은 한참 전에 잡히기 마련이라 구상은 느릿느릿 느슨하게 흘러갔다. 날짜가 차차 다가올수록 계속 마음에 스치는 문장은 '내가 뭐라고'다. '대체 내가 뭐라고 내 이야기를 들으러 오신다는 거지' 같은 소심함. 떨리는 마음으로 진행한 워크숍은 다행히 잘 끝나주었다. 여기 모인 이들이 비슷한 관심사와 겹치는 취향을 가진 덕분이겠지. 안도와 용기를 얻었다.

빨래를 돌리려 이불 커버를 벗겨 놓으니, 달은 역시 흰색 침구가 예뻐 보인다며 감탄하고, 나는 내가 고른 조명 덕에 한층 로맨틱해진 거라고 자화자찬한다. 각자 할 수 있는 분야에서 조금씩 조금씩 일하고 있다. 그것은 고되기도, 즐겁기도 하다. 노동하며 이렇게 신난 적이 과연 얼마나 있었던가. 아니, 있기는 있었던가. 팟캐스트에서 목수정 작가의 음성이 흘러나온

다. “만나서 기쁜 사람을 만나고, 해서 즐거운 일을 하세요. 우리는 좀 더 그렇게 살아도 된다고 생각해요.” 목소리에는 확신이 묻어났다. 그렇게 인생을 살아온 사람이 건네는 말. 그 말이 좋았다.

얇은 낯으로
그렇게

낙엽이 발에 차이던 계절의 일이다. 얇은 코트를 입은 우리들은 청와대 옆 샛길로 숨어들었다. 이윽고 조그만 레스토랑에 도착했다. 안쪽에 깊숙이 자리한 공간에 모여 앉자 주방장 특선 요리들이 나왔다. 외국 엄마를 둔 적도 없건만 어쩐지 외국 엄마가 만들어줄 법한 음식을 맛봤다. 다른 이들의 소감도 대체로 그러했다. 한낮임에도 와인을 마셨다. 덕분에 식사를 마치고 나갈 때는 조금 더 친해져 있었다. 자리를 옮겨 보광동으로 향했다. 어둑어둑한 실내 한구석에 앉아 진한 커피를 마셨다. 테이블 위로 여러 주제가 오르내렸다. 호빗 하우스 이야기를 들으며 나는 눈을 반짝였고, 자연스레 우리 이야기를 줄줄 풀어놓았다. 우리가 사랑하는 원서동과 자기만의 방에 대하여.

인공 지능 알파고에서 시작해 북촌이 내려다보이는 전경을 이야기하기까지 모두 잠자코 내 말에 귀를 기울였다. 말을 멈췄을 때, 일흔이 넘은 수필가 선생님은 내게 하이파이브를 청했다. "나 자기 너무 마음에 들어요"라는 찬사와 함께. 그렇게 엉겁결에 손을 맞대었다. 왜 미리 말하지 않았느냐며 편집장 오

빠는 입을 씰룩였고, 우리는 곧 초대하겠다는 약속을 했다. 그때가 계약금만 걸어둔 상황이었으니, 아직 공간 구상은 시작하지도 않았을 때였다. 그리고 두 달이 흘렀다.

나는 공간이 지닌 가치만 믿고 인생에서 가장 큰 모험을 저질렀다. 그때의 나는 누가 일러주지 않은, 혼자만의 확신에 가득 차 있었다. 이렇게 신나고 흥미진진한 일이 또 있을까. 내 앞의 미래는 온통 핑크빛으로 물든 것처럼 보였다. 두근거리는 마음을 안고 바라본 창밖으로 석양이 내려앉았다. 남쪽에 있는 고층 건물들에 불이 반짝반짝 켜지고, 나무가 우거진 경복궁은 잠을 청한다. 한옥의 낮은 지붕들이 더욱 고즈넉해질 무렵 인왕산 성곽길에 은은한 조명이 비춘다. 그것은 하늘과 산 사이 길게 드리운 실금 같았다.

후기도 몇 없는 '자기만의 방'을 찾아주는 게스트가 신기하다. 그들의 체크인을 준비하며 주변을 꼼꼼히 둘러본다. 그때 나는 호스트가 아니라 여행자의 마음이 된다. 두루 검증되지 않았으나 취향과 감에 이끌려 집 아닌 다른 집을 찾는 사람들. 시간과 비용을 내어 이 동네와 이곳을 찾아오는 이들이 편히 머물 수 있도록 살피는 것이 행복하다. 모르는 이들을 위한 마음도 그럴진대 아는 이를 위한 마음은 오죽할까.

그즈음 삼 년 전 방콕에 다녀온 친한 언니들과 다 함께 여행을 떠나기로 했다. 가까운 여행지 중 온천 마을로 행선지를 정했다. 노천탕에서 몸을 지질 생각을 하며 침을 꼴깍꼴깍 넘겼다. 각각 모일 비행 편까지 다 알아본 다음 날, 화산이 분화했다는 뉴스가 들려왔다. 여행이 무산된 까닭에 우리는 원서동에 둘러앉았다. 결혼을 한 달 앞둔 이가 있으니 겸사겸사 청첩장 전달도 이뤄졌다. 나는 그 밤을 버진 없는 버진 파티라 불렀다. 우리가 함께 헤아린 밤이 몇 밤이던가. 해가 바뀌었으니 무려 팔 년째다. 그사이 주종은 늘 바뀌었으니, 오늘은 멕시코에서 직접 공수해 온 데낄라였다. 온더락으로 먹었다가, 콜라도 섞었다가, 주스도 섞었다가 하는 사이 밤은 깊어갔다. 우리는 손톱을 칠하고, 타로 카드를 섞었다. 모인 밤이면 늘 하는 것인데도 해도 해도 재미있는 그것들. 나는 '자기만의 방'의 운명과 나의 새해 운세를 점쳤고, 놀라울 만한 점괘를 들었다. 기분이 덩실덩실한 가운데 밤늦도록 무얼 계속 주워 먹으며 노닥거렸다. 사는 이야기, 여행 에피소드, 회사 이야기가 오르내렸다. 서귀포의 낚싯배부터, 파리의 집시, 그라나다의 주술사까지. 이 말도 안 되는 이야기들 속에서 우리는 낄낄거리고 웃다가 새벽녘에야 잠들었다. 다음 날 흥하라는 덕담을 남기고 떠난 자리를 치우는 건 이제 내 생활이다. 베갯잇과 이불 커버를 벗겨내고 새로 씌운다. 이제는 부피 큰 구스 이불 커버를 아주 손쉽게 다룰 수 있다. 언니들에게 나 이불 빨다 죽을 것 같다고 농담했지만, 실은 하나도 힘들지 않다. 유일하게 좋아하는 집안일이 빨래 아니던가. 빳빳하게 잘 말라 햇볕 냄새를 머금은 시트 더미와 부대끼는 일은 즐겁다. 개운하고 정결한 행복을 안겨준다.

오늘은 그곳에 달의 친한 형님이 놀러 와 있다. 달이 보내온 문자에는 집에 들어서서 40분째 칭찬을 이어가고 있다는 말이 이어진다. 나는 문자를 보며 몸을 배배 꼬는데, 그것은 겸연쩍고도 뿌듯한 팔불출 정신이다. 칭찬 세례에 그러려니 하고 으

쓱할 만큼 아직 낯이 두껍지 못하다. 그 얇은 낯으로 꾸준히 가보려 한다. 처음 텅 빈 그 집에 들어섰을 때의 그 마음으로.

원서동에서

외국에서 들어온 첫 예약 알림이 울렸다. 보스턴. 침을 꿀꺽 삼키고, 몇 안 되는 영어를 그러모아 메시지를 쓸 준비를 했다. 알고 보니 방학 중 서울에 잠깐 다녀가는 한국 유학생이라 우리는 모국어로 살갑게 대화를 나눴다. 아란 씨가 도착하는 날, 무거운 짐을 함께 끌어 올리며 얼굴을 텄다. 그녀가 나에게 이곳 위치를 아느냐며 물은 곳은 세종문화회관 뒤편이라, 나는 무슨 오지랖에서인지 "제가 태워다드릴까요?"라고 물었다. 그렇게 아란 씨를 데려다주고 나서 좋은 마음으로 돌아온 저녁. 보일러에 문제가 있는 것 같다는 조심스러운 메시지를 받았다. 그때 달과 나는 산울림소극장 근처에서 커피에 케이크를 곁들여 먹고 있었다. 메시지를 본 내 마음은 금세 팔랑팔랑했다. 케이크가 어디로 들어가는지도 모르게 먹어 치우고 다급히 원서동으로 향했다. 온수를 틀어두면 뜨거운 물이 나왔다가 미지근한 물이 나왔다가 했다. 달은 수압을 조정했고, 뜨거운 물이 잘 나오는 것을 확인했다. 저녁을 먹으러 나갔다는 아란 씨에게는 고쳐두었다는 말을 전하고 집으로 돌아왔다. 그렇게 아흐레가 흐르고, 아란 씨가 떠날 날이 다가왔다. 그동안 즐거우셨냐는 메시지를 보내니, 사실 그 이후에도 온수가 오락가락했다는 답이 온다. 그래도 쓸 만은 했는데 이후에 다른 게스트가 이어 도착한다는 말이 생각나서 알려드린다는 메시지. 황급히 기사님을 불렀다.

밤늦게 오신 기사님이 보일러를 점검하는 동안, 우리 셋은 거실 마루에 쪼르르 앉아 수다를 떨었다. 집이 예쁘다는 말을 건축학도에게 들으니 황송했다. 나는 “예쁜 것이 다가 아니란 것을 단단히 깨우쳤어요”라는 말로 용서를 구했다. 너무 미안한 마음에 남은 이틀간 머물 숙소는 근처 호텔로 옮겨주고 싶다고 제안했으나 아란 씨는 손을 내저었다. 정말 괜찮다며 따뜻한 물로 씻다가 물이 미지근해진다 싶으면 얼른 비누칠하고 샴푸하고 그랬다며 깔깔 웃어 보인다. 미국에서 자취하는 곳도 백 년쯤 된 아파트라 물 나오는 게 형편없어서 이미 적응이 되었단다. 세상에, 이분은 천사인 걸까. 인사동에서 샀다는 맞춤 도장과 셀카봉, 스마트폰 터치가 가능한 장갑을 자랑하던 아란 씨는 그렇게 서울을 떠났다. 여름에도 꼭 오고 싶다는 다정한 인사를 남기고.

결국 보일러를 교체했다. 아란 씨 다음 게스트는 싱가폴에서 온 자매라서 적잖이 긴장되었는데, 나의 허술한 영어 실력에도 조앤과 에일린은 귀를 쫑긋 세우며 대화를 이어가주었다. 적절한 단어가 생각나지 않으면, 둘 중 하나가 금세 그 단어를 꺼내어놓는다. 역시 구하고자 하는 마음에는 장벽이 없나니. 그들은 서울에서 하고 싶은 것들에 대해 종알종알 늘어놓는다. 찜질방에 가보고 싶고, 스케이트도 타고 싶다고 했다. 스키장에도, 스트로베리 필드에도 가고 싶단다. "응? 스트로베리 필드?" 하고 물으니 양수리 딸기 농장 사진을 보여준다. 어느덧 열흘의 시간이 흐르고, 조앤과 에일린이 떠나는 날은 부슬부슬 진눈깨비가 내렸다. 달과 나는 체크아웃 시간에 맞춰 집으로 갔다. 조앤은 아주 무거운 캐리어 두 개를 양손에 들고 내려가는 달을 보고 눈이 동그래져서 "네 남편 군인이니?"라고 물었다. 나는 이들을 서울역까지 태워다주기로 했다. 광화문을 스치는데 수많은 경찰을 보았다며 무슨 일인지 묻는다. "응, 시민들이 대통령에 항의하는 집회를 열고 있거든"이라고 답하며 시청을 지나는데, 조앤이 다시 묻는다. “저기 저 사람들이 시위대야?” 고개를 돌리니 시청 광장 쪽에 태극기 천막들이 보인다. 박사모. 음, 나는 이을 말이 생각나지 않아서 “그들은 프레지던트 러버들이야”라고 답했다.

조앤과 에일린이 떠난 후엔 집 안의 모든 새시를 바꿨다. 사면이 트인 집이라 풍광 못지않게 웃풍도 만만치 않았다. 여러 도시를 거치며 오래된 집을 알뜰살뜰 가꾼 매력에 심취한 나였지만, 이건 예상보다 빠른 전개다. 우리는 이 집을 사고 나서 거실의 마루를 뜯어내 다시 깔았고, 벽지를 새로 발랐으며, 안방 벽 작업을 거쳤다. 그리고 이제 보일러와 새시까지. 어째 순서가 다 거꾸로라서 기존 새시를 철거할 때 노심초사했다. 그러나 역시 전문가는 전문가다. 그렇게 우리 방식으로 집이 새롭게 정비되어간다. 자기 색을 가진 문틀과 몰딩, 방문, 전 집주인의 아버지가 손수 만들어준 나무 가구는 그대로 잘 살려서 오래오래 남기자고 했다. 서로 잘 어울릴뿐더러 이 집 고유의 색깔이기도 하니까.

공사를 마치고 이틀은 줄곧 집에 박혀 쓸고 닦고를 반복했다. 반으로 자른 수건의 모든 면을 꼼꼼히 되접으며 바닥을 기었다. 그리고 영국에서 오기로 한 코너를 기다렸다. 얼기설기 만든 구글맵을 메일로 보내주었을 뿐인데, 코너는 정확하게 건물 1층에 도착해 전화를 걸었다. 나는 황급히 뛰어 내려가 그의 작은 가방을 받아 들었다. 멀리서 온 여행자가 완벽한 정장 차림이라 조금 놀랐다. 진회색 슈트에 검은 구두, 모직 코트와 머플러까지. 열 시간 넘는 비행을 잠옷과 평상복의 경계로 임하는 나와는 사뭇 대조적인 모습이랄까. 미리 보낸 메시지도 정중하더니 이 사람 뭔가 신사 같네. 다음 날 광화문에서 대규모 집회가 예정되어 있어 창밖을 바라보며 시국 상황을 곁들인 짧은 설명을 했다. 코너는 지난 십일월에 한국에 왔을 때도 그러했다며 이미 그 내용을 대강 알고 있었다. 세탁실 문을 열어 남산타워를 보여주니 저기서 밥을 먹어본 적 있다고 했다. 코너 역시 모든 외국인들이 그렇듯 침대 위 온수 매트에 깊은 찬탄을 보내었으며, 우리 집에 온 모든 손님이 그렇듯 "나이스 뷰, 나이스

뷰!"를 외쳤다. 그는 어제까지 이것과 관련된 연극 일을 했다며 버지니아 울프의 사진을 가리켰다. 어려운 이야기는 빠르게 내 귀를 스쳤고, 나는 그저 "아이 러브 허!"를 반복했다. 그가 발레 이야기도 꺼내길래 나는 〈빌리 엘리어트〉로 추임새를 넣었다. 집에 돌아와 오늘 코너를 맞이한 이야기를 하니 달이 코너의 풀네임을 검색해본다. 한국 국립 오페라단과 일하는 무대 디자이너. 으흠, 나는 깊은 탄식을 했다. 아니, 그런 사람이 왜 우리 집에? 광화문에 머물고 싶으면 포시즌스 호텔을 가지 않으려나. 여러모로 알쏭달쏭했으나 어쨌거나 흐뭇한 일이었다.

오늘은 오랜 친구가 원서동에 찾아온다. 나는 반가운 친구를 볼 생각에 싱글벙글하며, 새 이불을 펴고 청소기를 민다. 마침 날이 포근하고 맑아 다행이다. 좋은 쉼이 되길 바라는 마음으로, 나는 꼼꼼한 호스트가 된다. 이건 너무 행복한 일이다, 정말.

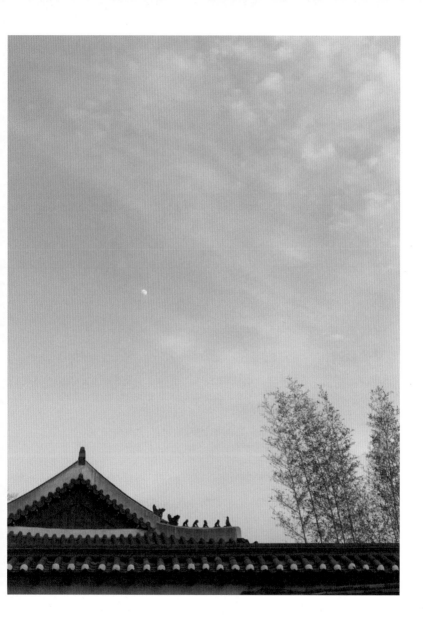

어떤 공상

스크롤을 몇 번 굴리는 혹은 엄지를 몇 번 튕기는 찰나 풍경은 조금씩 달라진다. 맑았다가 흐렸다가, 밝았다가 어둡다가. 여름에 머물 숙소를 찾기 위해 다른 나라의 숙소를 뒤적거렸다. 비 오는 일요일 밤, 종로에 있는 스타벅스에서였다. 마음에 드는 곳을 찾아 예약 확정 버튼을 누르자 호스트인 소피아에게 보낼 메시지 창이 뜬다. 여행의 목적과 자신을 비롯한 동행인에 대한 소개를 해달라는 글이다. 간략하게 우리 자신에 대해서 쓴다. 그리고 생각한다. 아, '자기만의 방'을 찾는 게스트도 이렇게 자기소개를 했겠구나.

가장 길고 긴 소개 글을 남긴 크세니아는 러시아 사람이었다. 벨기에 앤트워프에 적을 둔 사진작가로 이런저런 작업을 해왔으며, 한국에도 작업차 방문한 적이 있다는 메시지를 보내왔다. 크세니아가 온다는 시간에 맞춰 달과 나는 창덕궁 돈화문 앞을 서성거렸다. 공항버스에서 내린 크세니아가 횡단보도를 건너 우리에게 왔다. 예상한 대로 가방은 무지하게 크고 무거웠다. 크세니아는 3주간의 여행을 앞두고 있었다.

집 이곳저곳을 설명해준 다음, 냉장고를 열어 보였다. 거기엔 네 개에 1만 원인 세계 맥주와 형광 분홍색 병 소주가 들어 있었다. 크세니아는 필스너를 좋아한다며 기뻐했다. 그래서였을까. 작별 인사를 건네고 나가려던 나를 붙잡더니 서둘러 캐리어를 뒤적여 초콜릿 몇 개를 건넨다. 벨기에 초콜릿이라고 했다. 먼저 받아둔 크세니아의 한글 명함과 초콜릿을 가방에 넣고 나왔다. 명함에는 국립현대미술관 로고 아래 크세니아의 이름이 한글로 쓰여 있었다. 창동 레지던시 입주 작가. "잇츠 마이 아너." 나는 과장되게 고개를 숙였다. 크세니아는 웃었다.

온전한 쉼이 되길, 그리고 영감을 얻는 시간이 되길 바라는 마음이었다. 며칠이 지났다. 그간 크세니아는 'Hello, found you here too.'로 시작되는 메시지를 보내오기도 했다. 그러던 어느 오후, 아직 한참 남은 유월의 예약 신청 알림이 울렸다. 자세히 보니 크세니아다. 유월 중순 2주간의 예약. '나 여기가 너무 좋아. 유월에 다시 올 일이 있는데 그때 머물고 싶어. 사실 체류 일정은 더 긴데, 앞뒤로 다른 예약이 있는 거 같더라. 혹시

그 예약이 취소되면 나에게 알려줄래?'라는 말과 함께. 체크아웃을 하기도 전에 다음번 예약을 잡는 마음. 그건 어쩐지 큰 힘이 되었다.

침실 창가에는 작은 책상이 있다. 그 위에 놓인 건 무지 노트와 볼펜 한 자루. 다녀간 이들은 거기에 이러저러한 이야기를 남겨두고 간다. 다정하고 상냥한 인사. '잘 쉬다 가요' '다음에 또 올게요' 같은 말들. 페이지들을 넘기다 막연히 생각해오던 것이 떠올랐다. 방명록이 아닌 그냥 노트에, 아무나 자유롭게 자신의 문장을 한두 줄 남기는 거다. 여행에 관한 것도, 날씨에 관한 것도, 자신에 관한 것도 다 좋다. 그냥 앉아서 노트를 폈을 때 생각나는 '생각'을 옮기는 노트. 그걸 모아서 책을 엮어보고 싶다는 생각을 했다. 언젠가 만들어볼 수도 있겠지. 묵직한 어깨와 등을 펴며 그런 생각을 한다.

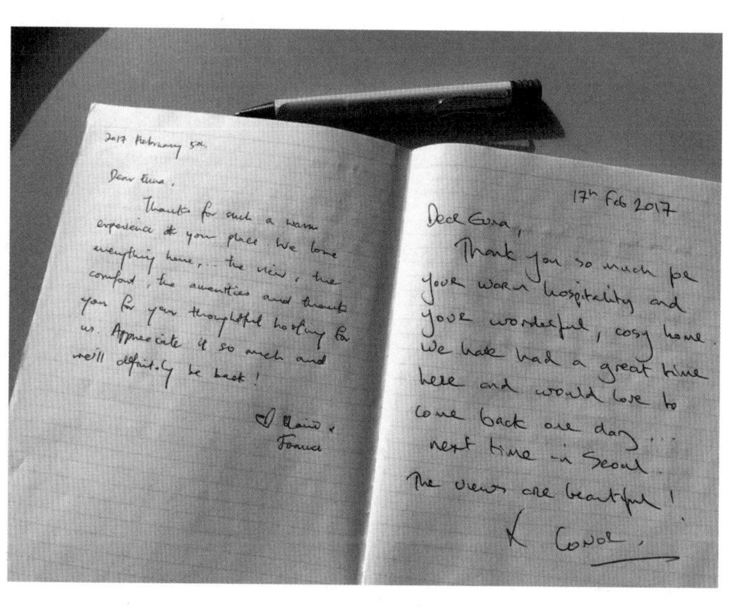

2017 February 5th.

Dear Gena,

Thanks for such a warm experience at your place. We love everything here... the view, the comfort, the amenities and thanks you for your thoughtful hosting for us. Appreciate it so much and we'll definitely be back!

17th Feb 2017

Dear Gena,

Thank you so much for your warm hospitality and your wonderful, cosy home. We have had a great time here and would love to come back one day... next time in Seoul. The views are beautiful!

X Conor.

무럭무럭
자라는 것들

늦가을에서 겨울을 지나 봄에 이르기까지 반년쯤 흘렀다. 좁다란 골목길을 내달아 집에 다다르면 마음에 평화가 찾아온다. 마음이 산란하고 복잡할 때일수록 더욱 그렇다. 패브릭 종류를 걷어내 세탁기를 돌리고, 분류해놓은 쓰레기를 모아 현관 앞에 두고 청소기를 꺼낸다. 닷새의 휴가를 보내고 간 게스트는 게스트북에 첫날과 마지막 날의 감상을 나란히 적어두었다. 새벽녘 작성했다는 마지막 인사를 보고, 조용히 켜둔 스탠드 불빛과 한 사람을 위한 책상을 상상한다. 그건 쉽게 묘사하기 힘든 감상을 불러일으킨다. 상호 호혜적인 관계. 우리 사이에 합당한 비용이 오고 갔음에도 서로에게 비용 이상의 고마움을 건넨다. 게스트북을 접고서, 나는 다시 씩씩하게 좁은 집을 돌아다니며 청소를 한다. 노동의 기쁨, 기쁨의 노동.

오늘도 세탁기는 열심히 돌아간다. 굽힌 허리를 펴며 잠시 한숨을 돌릴 무렵에는 커피가 제격이다. 작정하고 우유를 사 들고 와서 처음으로 카페라테를 만들어 먹었다. 냉동실에는 게스트가 얼려둔 얼음이 있다. 들고 난 이는 무심히 흘려도 나는 한눈에 알아볼 수 있는 것들이 있다. 정말 자기 집처럼 편안하게 지내다 갔구나 싶은 흔적들. 책장에 꽂아둔 책 순서가 이리저리 바뀌어 있다. 누군가 마음에 드는 책을 골라 읽었을 생각을 하면 기쁜 마음이 샘솟는다. 그런 생각을 하며 홀짝홀짝 차가운 커피를 마신다. 오후 여섯 시가 되자 교회 종소리가 들린다. 간격은 일정한데 각각의 진동은 불규칙하다. 사람이 직접 울리는 것일까. 까치도 이에 질세라 깍깍 운다.

그새 창문 가장자리 벽을 타고 담쟁이가 자랐다. 가느다랗게 메말랐던 가지에 물이 오르고, 새로 단 이파리들은 초록빛으로 싱싱하다. 선물 받은 몬스테라는 이 자리가 적당하다 싶어 놓았는데, 높이가 영 어정쩡하다. 덕분에 집에 있는 모든 받침대와 의자가 동원되었다. 마지막으로 낙찰된 것은 짙은 녹색 테이블이다. 이 집에서 오래오래 자라주면 좋겠다. 길게 머무는 게스트에게 물 주고 바람 쏘이는 것을 부탁해도 될까. 식탁 옆 테이블 야자를 잘 돌봐주었던 사람들을 떠올리니 왠지 안심이 된다. 개운죽은 지난겨울 아란 씨가 주고 간 선물이다. 그때

100
50

는 그저 막대 같던 대나무였는데, 어느새 실낱같은 뿌리도 자라고, 이파리도 힘껏 틔웠다. 남몰래 느리게 열심히 자라고 있다. 그 자람이 기특해서 이날은 부엌 창가를 떠나 남향의 명당에서 한껏 볕을 받게 두었다. 이파리 뒤로 흐릿한 남산이 보인다. 밝고 맑은 날이 이리 애틋할 줄이야. 감탄에는 서러움과 반가움이 섞여 있다.

집 안팎을 들고 나는 나의 동선은 현재형으로 묘사하면서, 식물들의 자람은 과거형으로 그리게 된다. 인간이 관찰하기에는 너무 느린 속도라 그렇겠지. 언제나 지나고 보니 훌쩍 커 있다. 지나고 보니 훌쩍, 나는, 우리는 무엇이 되어 있을까. 오월도 중순이 코앞이다. 언제나 무럭무럭 자라고 싶다. 마음도, 생각도.

기다리는
마음

특별한 약속, 이를테면 내가 차로 서울역이라든가 공항버스 정류장이라든가로 태워다줄 일이 있지 않으면 체크아웃 때는 게스트를 마주하지 않는다. 짐을 챙겨 나가는데 오죽 바쁘겠나 싶어 그렇다. 괜히 호스트가 온다고 신경 쓰이게 하고 싶지도 않다. "체크아웃은 어떻게 하면 되니?"라고 물어오면, "나가고 나서 내게 메시지 하나만 줘"라고 답한다. 그러면 게스트들은 꼬박꼬박 잘 머무르다 간다는 인사를 보내온다. 그 메시지를 받고서 집을 나서 다시 집에 이르기까지가 자못 떨린다. 기상천외한 풍경이 펼쳐지더라도 받아들일 마음의 준비를 하고 현관문을 연다. 그러나 지금껏 아이고아이고 동네 사람들, 이렇게 외칠 일은 한 번도 일어나지 않았다. 게스트들은 설거지도 깨끗하게, 쓰레기 정리도 말끔하게, 그리고 게스트북도 성의껏 써주고 집을 떠났다. 여기서 좋은 기억을 많이 만들고 가서 행복하다는 다정한 말들. 그들이 머문 날짜와 사인, 날아다니는 필기체를 들여다볼 때는 마치 고고학자가 된 듯도 했다. 가끔은 식탁이나 책상 위에 선물이 놓여 있기도 했다. 초콜릿을 입힌 아몬드, 그림엽서, 조그마한 장식품, 페미니스트 배지, 이름 모를 프라모델까지. 팁은 아니겠지만, 이국의 동전들이 가지런히 탑처럼 쌓여 있기도 했다.

지난겨울에 왔던 손님. 집을 떠나기도 전에 다음 예약을 잡았던 크세니아가 서울에 왔다. 우리는 환히 웃는 얼굴로 서로를 반갑게 맞이했다. 나는 새 카메라로 담은 사진으로 만든 엽서를 크세니아에게 내밀었다. 그렇게 좋아할 줄은 몰랐는데 얼마나 놀라워하고 기뻐하는지 엽서를 건넨 내가 쑥스러워졌다. 크세니아는 예약 일정에 맞춰 머무르려면 앞뒤로 며칠이 남았지만 일부러 앞뒤에 다른 숙소를 잡으면서까지 꼭 이곳에 다시 오고 싶었다며, 앞선 며칠은 이태원에서 묵었다고 했다. 이태원은 어땠냐고 물으니, 좋은 곳이지만 자기와는 안 맞았다고 여기가 훨씬 좋다고 말한다. 그러고는 어제 북한산에 다녀왔다고 했으니, 어쩐지 취향의 접점이 어렴풋이 보인다. 나는 말했다. "나 북한산 옆에 살아."

청소기를 밀고 무릎걸음으로 기어 다니며 바닥을 닦는다.

설거지해놓은 컵이며 접시도 꼼꼼하게 확인한다. 뜨거운 물 쫙쫙 뿌려가며 화장실 청소를 한다. 빨랫감은 늘 볕에 말리고, 켜켜이 스민 햇볕 냄새를 맡아야 안심한다. 책장의 책을 바꿔두고, 화분에 물을 준다. 마지막으로 집 안 곳곳을 휘휘 둘러본다. 게스트가 도착하기 얼마 전은 늘 떨리게 마련이다. 그날은 유독 더 그랬다. 지내는 내내 다음에 또 올 거라는 말을 반복하던 게스트, 크세니아가 다녀갔다.

마감을 끝냈다는 크세니아를 태우고 낙산공원으로 향했다. 북한산에 다녀왔다는 말에 낙산공원도 가보라고 추천했었는데, 그 말을 듣고 그 동네에 다음 숙소를 잡았다고 한다. 날이 무더워 에어컨 바람을 쐬며 아이스 아메리카노를 쪽쪽 빨아 마셨다. 드라이빙 카페라며 웃었다. 크세니아가 마침 나오는 음악을 듣고는 “블랙 스커트!”라고 외친다. “오! 홀리데이 조 알아? 이거 새 앨범이야”라고 말하니 목소리를 듣고 알았다며 어깨를 으쓱해 보인다. 그간 크세니아가 서울에서 작업한 일 이야기를 들었다. 책을 하나 썼고, 거기엔 이곳에서 찍은 사진도 들어 있다고 했다. 창밖의 러닝 보이를 담은 사진. 그렇지. 거의 매일같이 창밖의 러닝 보이를 볼 수 있는 집.

새로운 숙소가 있는 동네의 까마득히 높은 계단을 보고 우리는 망연자실했다. 괜찮다고 손사래 치는 크세니아에게 진짜로 괜찮다는 미소를 지어 보이고 함께 가방을 날랐다. 다 올랐나 싶으면 다시 나타나는 계단에, 둘 다 땀범벅이 되어서야 가방을 부려놓을 수 있었다. 마지막 작별 인사를 할 때는 자연스레 껴안았다. 젖은 앞섶도 개의치 않고 꽉, 진심을 담아서.

앤트워프에서 온 크세니아에게도, 캘리포니아에서 온 베타니에게도, 나는 능청스럽게 화분에 물을 줄 수 있냐고 부탁했다. “일주일에 한 번 물을 주면 돼. 부탁할게”라는 말에 “오, 물론이지!”를 외친 베타니에게 나는 “땡스 마미!”라고 답했다. 마미들이 사랑으로 돌봐준 덕일까. 오랜만에 만난 몬스테라는 새잎을 커다랗게 틔웠다. 무르익지 않은 연두색이 아니었다면 새잎인 줄도 모를 만큼 커다랬다. 커피 테이블 옆 테이블 야자 역시 키가 껑충 자랐다. 겨울날, 아란 씨가 선물해준 개운죽도 자그마한 이파리들이 싱싱하다. 가느다란 뿌리도 제법 무성해졌다.

오늘 밤에는 홍콩에서 보보가 온다. 보보라면 서울의 장마철 습도쯤은 가볍게 이겨낼 수 있지 않을까, 응원하는 마음이 크다. 보보가 8일 동안 머무르다 가면, 다음 게스트가 온다. 용기 내어 내가 먼저 초대한 게스트. 언니라고 불러본 적 없지만, 언니라고 부르고 싶은 사람. 시와 언니가 온다. 조그만 자취방에서 언니의 기타와 목소리로 위로받았던 시절이 떠오른다.

잔잔한 음색에도 감정이 북받치던 때를 기억한다. 나는 벌써 두근거리기 시작한다. 디카페인 커피를 마셨음에도 두근두근, 두근.

무더위가 찾아오기 전이었나. 문득 용기를 내어 시와 언니에게 메시지를 보냈다. 그리고 답장을 받았다. 괜히 보낸 건 아닐까 걱정하던 마음이 무색해질 만큼 반가워하는 내용이 담겨 있었다. 몇 차례 메시지가 오고 간 후, 우리는 칠월의 금요일에 만나기로 했다. 내 얼굴을 모르니 드레스 코드를 정해야 한다는 말에 나는 냉큼 '레드'라고 말했다. 더위를 무릅쓰고 빨간 긴소매 블라우스를 입고 나서는 길, 가슴이 두근거렸다. 우리가 만났다.

두 종류의 파스타를 나눠 먹으며, 샹그리아 잔도 부딪쳤다. 사적인 자리에서 처음 만난 가수와 팬이라기에는 이야깃거리가 흘러넘쳤다. 우리는 서울의 집에 대해 이야기했다. 거기엔 당연히 때 되면 이삿짐을 싸고 풀던 지난 삶이 녹아 있다. 부모품을 떠나 살아온 사람이라면 한 번쯤 겪을 법한 사연들. 발품과 발품 사이. 요즘 사는 이야기와 앞으로의 계획 같은 것들이 자연스레 터져 나왔다.

정성스러운 선물과 편지를 받아 들고서 함께 집으로 향했다. 나는 다시금 호스트 모드가 되어 늘 했던 것처럼 가벼운 브

리핑을 시작했다. 거실에서부터 시작해 침실로 넘어가는 찰나 갑작스러운 포옹에 눈물이 터졌다. 이곳을 이렇게 좋아해준다는 사실이 고맙고, 이런저런 이유 없이 무작정 좋고 반갑고 그런 마음. 아마 서로 비슷하지 않았을까. 커피를 내려 잔을 두고 다시 앉았다. 대화 사이 종종 공연 일정을 조율하는 전화가 왔다. 그럴 때면 언니는 내가 알던 뮤지션이었다가 전화를 끊으면 다시 언니가 되었다. 상상했던 것보다 더 소탈하고 발랄한 사람. 원래부터 아는 언니 같은 언니.

"사진을 찍어도 될까요?"라는 말을 채 맺기도 전에 언니는 포즈를 잡았다. 그 모습이 퍽 자연스러워 한바탕 함께 웃고 나서 미처 다 챙기지 못한 짐을 가져오려고 집을 나섰다. 언니가 든 조그만 가방에서는 손수건, 부채 같은 물건이 계속 튀어나왔다. 원서공원 즈음에서는 아마 같이 사진도 찍었을 거다. 유난히 습한 날이어서 나는 땀을 흘리며 웃었다. 그러면서도 이 모든 것이 너무 신기하고 놀라워 가슴이 뛰었다. 이래도 되나 싶었지만, 또 염치없이 화분에 물 주는 것을 부탁했다. 당연히 그러겠다는 확

답이 돌아왔다. 나는 든든한 마음으로 파리로 향했다.

일곱 시간의 시차를 두고 종종 메시지가 오고 갔다. 나의 아침, 언니의 오후. 나의 오후, 언니의 밤. 언니의 조카가 훌라후프를 돌리는 영상을 보고는 박장대소했다. 원서동에서 새로 만든 노래라며 언니가 보내준 영상에는 익숙한 창이 보인다. 나는 그 노래를 스피커에 연결했다. 라이터를 찾아 초를 켰다. 오래된 아파트의 낡은 마루가 삐걱거리고, 조금 열어둔 창으로 바깥 소리가 들려온다. 원서동에서 갓 만들어진 노래가 파리의 소리에 섞여든다.

보름이 지났다. 공항에 도착하니 메시지가 도착해 있었다. 집으로 돌아오는 길, 시청과 광화문을 지나며 메시지로 전송된 노래를 들었다. 그건 이제껏 상상해 보지 못한 기쁨이었다. 무더운 여름, '자기만의 방'에서 태어난 <낯선 이에게>와 <부드러운 힘>. 원서동은 그 노래들의 고향이 되겠지. 언니는 연희동에 초대해 밥을 해주겠노라 말했다. 나는 그 식탁이 무척 기다려진다.

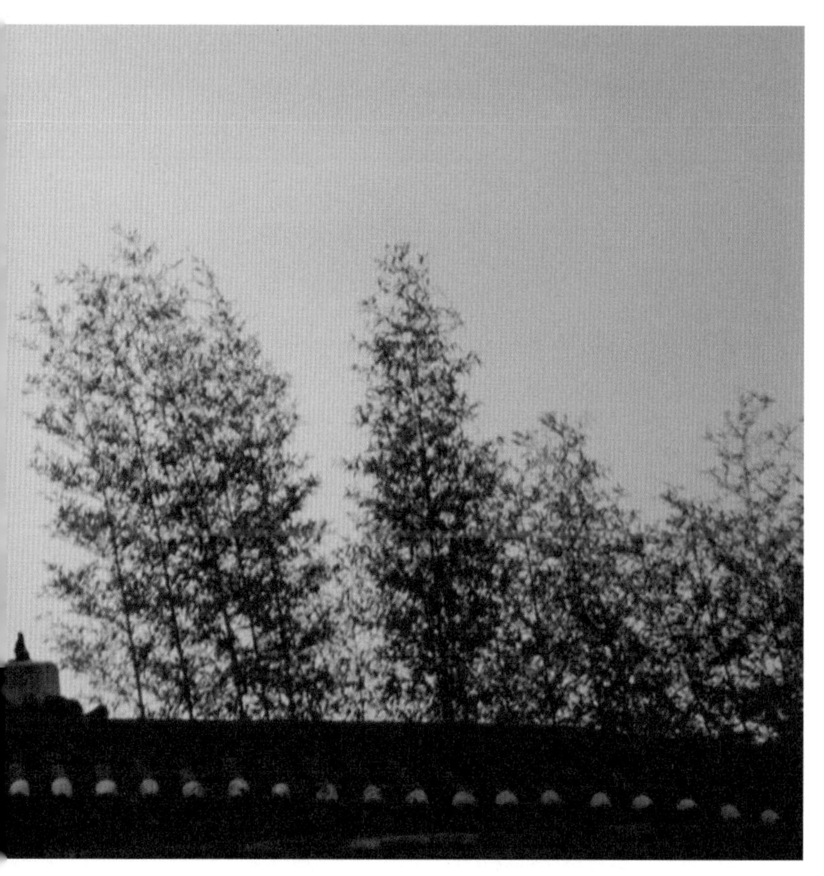

서울에
사는 것은
어떠니

사진 속 흐릿한 부분을 옮겨 적자면 이렇다. 'A woman must have money and a room of her own if she is to write fiction.' '이프 쉬 이즈 투' 다음엔 여러 가지 다른 말이 들어갈 수 있겠지. 무엇을 만들어내든, 어디를 돌아다니건, 구속 없이 존재할 수 있는 상태. 백 년 전에도 불가능했고, 지금도 완전하지 않은 명제. 그래서 나는 갈급해한다. 손수 문구를 골라 액자를 만들었다. 섬광처럼 다가온 이름을 기념하기 위해. 원서동의 'A Room of One's Own.'

위건 아래건 나이 차는 중요치 않다. 국적과 하는 일이 무엇인지도 중요치 않다. 혼자 온 여행자를 마주할 때마다 나는 들뜨고 설레는 마음을 감추기 바쁘다. 하지만 그것은 표정과 몸짓을 감싸기에 낯선 이와 나는 곧 자연스레 친근해진다. 페트라는 지금껏 '자기만의 방'을 찾은 게스트 중 가장 긴 기간 동안 머무른 손님이었다. 학회 참석차 방문했다고 들었는데 알고 보니 그 일정은 고작 나흘. 그 뒤는 그냥 서울에서의 날들이다. 우리는 서울역 광장에서 처음 만났다. 덥석 커다란 캐리어

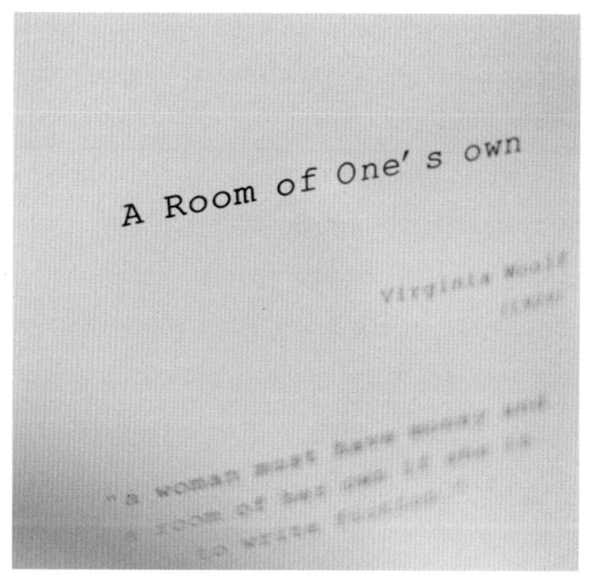

사진. 김보리(@_kimbori)

를 맡아 끌면서 말을 건넸다. 해는 서서히 지고, 서울 스퀘어 벽면을 비추는 영상은 선명히 미끄러졌다. 몇몇이 모인 간이 천막 아래서 복음성가가 쩌렁쩌렁 울려 퍼진다. 언어는 달라도 멜로디는 같다는 말에 종교가 있느냐고 물었다. 페트라는 없다고 했다. 나는 '미 투'라고 말했다. 나중에 집에 돌아와서야 '미 니더'라고 했어야 했는데, 라고 생각했다.

주차해둔 차에 올라 함께 집으로 향했다. 그사이 페트라가 서울에 세 번째 방문한 것임을 알게 되었다. 처음에는 북촌에 위치한 게스트하우스에서, 두 번째는 혜화동에서 그리고 이번에는 우리 집에서 머무른다고 했다. 그렇게 페트라의 취향이 추려진다. 서울역에서 집으로 가는 가장 편한 길은 서소문을 거쳐 시청으로 향하는 것이다. 그러나 나는 우회전과 좌회전을 반복해가며 숭례문을 지나기로 한다. 페트라가 그 길을 좋아할 것 같았다. 서울로 어름에서 신호를 기다리며, 나는 가이드처럼 말했다. "저기가 원래 고가도로였는데, 하이라인 파크처럼 만들었대." 페트라는 전에 왔을 때는 없었던 것이라며 단번에 알아본다. 좌회전 신호가 들어와 엑셀러레이터를 밟았다. 조명을 받은 숭례문을 지나칠 때 즈음 페트라가 물어왔다. “너는 서울에 사는 거 어때, 좋아?”

그것은 지난 몇 년간 쉼 없이 고민한 화두였는데, 만난 지 20여 분 된 외국인이 내게 묻는다. 나는 서울에 사는 것이 좋다고, 하지만 때때로 서울을 떠나 다른 곳에서 살고 싶다고 했다. 페트라는 고개를 끄덕이고는 부다페스트에 대해 말했다. 그곳은 빅 시티고, 사람들이 아주 많다고. 나는 그런 곳에 사는 사람들의 얼굴은 무표정하다고 말했다. 대화 말미에 검정치마의 노래가 나온 것은 우연이었다. <내 고향 서울엔>을 들으며 숭례문을 지나 커브 길을 도니, 페트라가 저기 시티홀이 아니냐고 묻는다. ‘서울을 다 꿰고 있구나’ 생각하며 광화문에 진입하는데, 저 멀리 청와대가 조명을 받아 존재감 있게 드러나 있다. 페트라가 말했다. 이유는 모르겠는데, 이곳에 오면 너무나 좋다고. 정말 정말 좋아해서 꼭 다시 오고 싶었다고 했다. 나는 주섬주섬 얕은 영어 단어들을 끌어모아 설명했다. 조선이 처음 만들어질 때, 이곳의 기운이 좋아 여기에 궁궐을 세우기로 했다고. 내가 하고 싶었던 말은 이거였는데, 그놈의 기운을 어떻게 설명해야 할지 도통 모르겠다. 나의 어휘 창고에 그런 건 없으니. 그래서 이렇게 말했다. 영어로 어떻게 말해야 할지는 모르겠는데, 아무튼 여기가 좋아서 궁궐을 세웠다고. 그리고 이 동네가 너무 좋다는 페트라에게, 오래된 것과 새로운 것들이 함께 있어 그러냐고 물었다. 페트라는 반색하면서 로테르담 이야기를 해준다. 제2차 세계대전 때 폭격을 맞아 도시가 사라진 후, 새로이 건설된 도시의 모습은 정말 흉하다고. 그런 이야기를 나누며 동십자각을 끼고 북촌으로 접어든다. 경복궁과 미술관 사잇길을 지나, 북촌의 언덕을 오르고 내렸다. 재동초등학교 앞을 지나면서 "여기 19세기에 지어진 학교야"라고 말하자마자 깨달았다. 유럽 사람한테 무슨 자랑을 하고 있는 거지.

집까지 짐을 나르는 동안 우리는 한 뼘 더 가까워진다. 무게가 무려 25킬로그램이라는 가방을 위아래로 붙잡고 서로를 북돋우며 계단을 오른다. 그렇게 페트라는 우리 집에 왔다. 손

흔들고 집에 돌아와, 긴 비행이 힘들었을 테니 푹 자라는 인사 메시지를 보냈다. 어제부터 시작된 여정의 끝에 그토록 원하던 침대에 누웠다는 답이 도착했다. 다음 날 아침에는 다정한 메시지가 왔다. 원래 새로운 장소에서의 첫 밤은 늘 잠을 설쳤는데, 어제는 정말 편안하게 푹 잤다고. 지금 모닝커피를 마시는데 너무나 행복하다고. 나도 커피를 한 모금 머금고 답장을 했다.

인연은 헝가리어로 뭘까

늦여름 도착했던 페트라가 며칠 전 떠났다. 40여 일의 시간. 페트라는 몇 가지를 남기고 갔다. 헝가리 관광청에서 만든 부다페스트 안내서, 부다페스트 가이드북, 그리고 빼곡하게 쓴 헝가리 디저트 레시피와 재료. 오븐도 없는 집에서 어찌 이런 걸 다 만들어냈을까 싶은, 그 레시피로 직접 만든 디저트도 선물로 남겨두었다. 손으로 쓴 편지와 길고 긴 후기도 남겼다. 남산타워와 인왕산에게 안부 인사를 전해달라는 당부의 말. 매일 밤 그리고 매일 아침, 그들을 바라보는 것이 행복했다고. 무엇이 페트라를 이렇게 만들었을까.

부다페스트에 오게 된다면 꼭 연락하라는 말 뒤에 페트라는 마지막 말을 덧붙였다. 한국에 정착할 수 있는 방법을 찾아보고 있으니 지금의 안녕은 영원한 안녕이 아니라고. 한용운이 아니 떠오를 수 없다. 나는 '인연'에 대해 적기 시작했다. 그 두텁고 질긴 개념을 설명하기에 내가 엮는 단어들은 투박하고 조악했다. 다행히 페트라는 너그러이 이해해주었다. '서울이든 부다페스트든 아니면 다른 어느 곳이든, 다시 만날 수 있을지 몰

라. 그때까지 건강히 잘 지내.' 만국의 인사는 모두 비슷한 맺음말로 끝난다. 당신의 건강과 안녕을 기원하는 말. 다른 언어에 담긴 비슷한 마음. 진부함 속에 숨은 진리.

못 본 사이, 식물들은 또 훌쩍 자라 있다. 물을 뿌리고 이파리 하나하나를 정성 들여 닦아주었다. 봄과 여름을 무사히 났으니 가을, 겨울도 잘 지내보자는 마음에서였다. 계절이 지남에 따라 해의 각도도 비스듬히 기울었다. 깊숙이 들어온 볕에 빨래는 바삭바삭 마른다. 잘 마른 이불을 걷어낸 후, 세탁실 작은 의자에 앉아 밖을 바라보니 구름이 오묘한 무늬를 그린다. 해는 인왕산 너머로 숨었다. 어젯밤 무심코 페트라의 메신저 인사말을 보았다. '뜻이 있는 곳에 길이 있다.' 한글로 또박또박 그리 써놓았다. 처음엔 웃음이 터졌다가 이내 진지해졌다. 그 마음이 어떤 건지 알 것만 같아서. 불안함과 불확실함 가운데서 뜻을 분명히 세우고 길을 더듬는 마음. 나는 페트라에게, 그리고 나에게 조용히 응원을 보냈다.

좋아하는 곳 언저리에서
마음에 끌리는 것을
만지작거리며

어제오늘은 집을 그리고 싶은 마음이 들었다. 스케치 위에 색을 입힌 후, 간장 종지에 물을 담아와 손가락에 묻혔다. 그리고 색 위에 얹고 문지른다. 그러면 수성 잉크가 얇게 번진다. 그걸 다시 손가락으로 톡톡 두드린다. 색채는 느닷없이 강렬하고, 여러 번 문지른 탓에 종이가 일어나기도 한다. 내 오른손 손가락은 얼룩덜룩해졌다. 기네스 한 캔과 함께한 결과다. 손쉽게 대범해지는 비결이랄까.

얌전히 커피를 홀짝이며 그리는 날도 있었다. 미스티블루와 백일홍 다발의 색이 많이 옅어져서 떼어내고 지난여름에 산 포스터를 붙여두었던 벽을 그린 그림. 파리 여행의 마지막 날 퐁피두 센터에 갔다. 머무른 집이 퐁피두에서 지척이라 내일 갈까, 모레 갈까 하며 미루다 마지막 날에야 갔다. 대표 전시는 데이비드 호크니. 벽에 걸린 그림들을 보며 걷다보니 소유욕이 출렁거린다. 얕은 사람이 미술을 소비하는 방식이다. 그렇게 엽서를 사고 마그넷을 산다. 전시 포스터도 산다. 직원은 포스터를 둥글게 말아 원통형 비닐에 끼워주었다. 다음 날, 짐을 꾸리며 깨닫는다. 이걸 어떻게 들고 다니지. 캐리어에는 당연히 넣을 수 없다. 에코백은 이미 잡동사니로 가득하다. 그래서 그 원통을 항상 한쪽 팔에 끼우고 다녔다. 마치 팔에 깁스를 한 듯한 모양이다. 겉면에 퐁피두라고 써 있는 깁스. 다행히 포스터는 상하지 않고 나와 함께 귀국했다. 그걸 반대 방향으로 여러 번 만 다음 벽에 붙였다. 마침 새로 온 게스트는 프랑스에서 온 필립이었다. “퐁피두에서 호크니 전시해?” 필립이 달에게 물었다. “응, 지금 전시하고 있어.” 종로 사람이 답했다.

일주일간 꽂아둔 꽃다발에서 살아남은 유칼립투스를 모아 다발을 만들었다. 여름이 훌쩍 갔으니 포스터를 떼고 그걸 걸었다. 처음엔 유칼립투스 향이 훌훌 났는데 금세 다 말랐다. 왼편 커튼 너머로 빛이 어룽거리는 것을 그리고 싶었는데, 커피를 마신 탓에 흐리게 그렸다. 맥주를 마시며 그렸다면 불타는 노을이 되었을 텐데.

다른 그림을 그리려고 지난 사진들을 들춰보다가 어느 한 장의 사진에 눈길이 머문다. 배경은 옅은 하늘인데, 섣부르게

2017. 10. 16 자기만의 방

2017. 10.17 재이언니 방

손을 댔다가 분위기를 망칠까 두려워 서둘러 펜 뚜껑을 닫았다. 니스에서 이탈리아로 넘어가던 도중 우연히 만났던 마을을 찍은 사진. 한여름의 니스는 해운대나 광안리와 비슷한 느낌이 났다. 요란하고 북적거리는, 허술한 에코백을 바짝 메게 만드는 방종의 밤. 그보다는 이 작은 마을이 훨씬 마음에 들었다. 바다와 마주한 산을 따라 들어선 작은 집들 사이에 아담하고 아름다운 호텔이 있었다. 주황색이 살짝 섞인 낭만적인 핑크빛 벽. 이런 마을에서 호텔을 하면 좋겠다고 나는 말했다. 이름은 서울 호텔. 그건 농담 같은 공상이라서 우리는 피식 웃었다.

그림을 다 그리고 들여다본 핸드폰은 불쑥 지난날을 떠올리게 한다. 일 년 전의 사진을 모아서 보여주는 구글은 나와 달이 함께 찍은 사진을 보여준다. 장소는 정독도서관 앞 언덕이다. 정독도서관 식당과 미술관 라이브러리. 나는 카키색 트렌치코트를 입고 웃고 있다. 작년 오늘, 나는 정독도서관 식당에서 밥을 먹자고 우겼다. 이곳은 사라지지 않을 곳이기 때문이다. 도서관 구내식당에서 먹는 김밥과 라면이 우리의 기념 정찬이 될 거라 주장했다. 그날은 우리가 원서동 집 계약서에 지장을 찍은 날이었으므로 인주가 묻은 벌건 손가락으로 함께 밥을 먹었다. 자꾸만 싱글벙글거리던 우리의 얼굴이 스친다. 지난 일 년 사이 흘러간 일들처럼, 앞으로는 또 어떤 곳에서 어떤 일들이 일어나게 될까. 우리가 좋아하는 곳 언저리를 디디며, 마음에 끌리는 것을 만지작거리고 살고 싶은 마음. 편한 사람들과 맛있는 것을 먹고, 조그만 스케치북에 더 조그만 그림을 그리고, 어딘가 상하고 맺힌 마음 없이 누워 잠을 청할 수 있는 하루하루를 인생의 목표로 삼아도 좋을 듯싶다.

음악이 스며들 때

가을이다. 여름 나라에서 오는 게스트는 종종 묻곤 한다. 지금 서울의 날씨는 어떠냐고. 나는 영문 버전의 기상청 링크를 보내준다. 거기에 주관적인 코멘트도 곁들인다. '날씨가 제법 쌀쌀하니 머플러를 가져오면 유용할 거야.' 홍콩에서 오는 사만다를 기다리는 밤. 신촌에서 경복궁, 안국역을 거쳐 창덕궁에 도착하는 공항버스를 알려주었다. "정류장에서 내리면 건너편에서 내가 기다리고 있을 거야." 그러나 버스는 지나치는데 내리는 이가 없다. 혹시 내 눈 밖에 있을까 봐 "지금 내렸니?" 하고 물으니, 방금 정류장을 지나쳤다고 말한다. "그다음 정류장인 창경궁에 내려. 내가 곧 갈게." 가을밤은 어둡고 바람은 세다. 서둘러 차를 몰고 원남동 어귀로 향한다. 횡단보도 앞에는 트렁크와 함께 선 사만다가 있다. 나를 발견한 사만다의 얼굴이 밝아진다. 간단한 인사를 나누고 한국에 처음 온 건지 물었다. 사만다는 한국어를 부전공했고 지난여름엔 서울에서 어학연수도 했다고 답한다. 나는 쉽게 마음을 놓고 내게 익숙한 언어로 대화한다. 말하는 것은 아직 서투르다는 사만다 앞에서.

여기서 순라길을 지나면 종묘를 거쳐 다시 집으로 가기 쉽겠다 싶어 담벼락과 건물 사이의 좁은 길로 들어서는데, 앞에서 헤드라이트가 비춘다. 원수는, 아니 스타렉스는 외길에서 만난다더니. 조심스레 후진한다. 빌라 앞의 야트막한 공간으로 위태롭게 차를 넣으니 스타렉스가 전진해온다. 마침 오디오에선 차이콥스키의 <백조의 호수>가 흘러나온다. 곡이 절정으로 치닫는 순간, 사만다와 나는 동시에 "음악!"이라고 외쳤다. 그리고 함께 웃었다.

퇴사와 입사 사이 짧은 여행을 왔다는 사만다는 게스트북에 그림을 남겼다. 필기감이 그리 좋지도 않은 볼펜으로 공들여 창밖의 풍경을 그려두었다. 광화문 어름부터 북촌의 낮은 지붕들, 틈틈이 자리한 나무들, 인왕산의 실루엣과 작은 차까지. 그림을 그려보면 안다. 하나의 장면을 그리기 위해 그것을 얼마나 많이 들여다보아야 하는지. 머무는 눈길로 선들이 완성되는 것을. 그사이에 애정이 깃드는 것을. 보지 않아도 그 눈길을 알 수 있었다.

27-30, 10

사만다가 떠난 자리를 매만지는 시간. 나는 이어폰을 귀에 꽂았다. 흘려보내는 것 없이 온전히 음을 귀에 담고 싶었다. 햇볕 냄새를 머금은 커버를 이불에 꿴다. 침대에 걸터앉아 손을 놀리는 등 뒤로 오후의 해가 진다. 루시드폴의 새 음반을 듣는 시간은 행복했다. 특히나 첫 곡은 마음 깊숙이 스몄다. '안녕, 그동안 잘 지냈나요.' 나는 잘 지내고 있다는 인사로 시작되는 노래. 그런 인사가 쉽지 않은 세상이기에 나는 쉽게 뭉클해졌다. 노래라기보다 시를 읊는 것 같은 음성은 따뜻하고 솔직했다. 이 년 동안 키우고 가꾼 노래를 거두었다는 가사는 나의 손놀림을 돌아보게 한다. 지금 내가 키우고 가꾸는, 내가 사랑하고 보듬는 것들을. 나는 그가 만든 노래와 유사한 연대를 느낀다. 사랑이 없으면 이렇게 정성을 들이지 못했을 것이다. 물질적인 보상, 보이지 않는 그 이상의 보람. 나는 무엇을 사랑하는가. 어렴풋하게 보이는 듯했다.

마치
그림 같은

처음 만난 날, 선생님이 입고 온 옷을 기억한다. 잔꽃 무늬 반소매 원피스. 우리의 차림은 늦여름에 걸맞았다. 선생님이 챙겨 온 여러 그림 도구를 열심히 살폈다. 첫 수업을 마치고 나는 호미화방에 갔다. 스케치북과 붓펜, 가느다란 수성펜들. 스케치북 한 권을 꽉 채워 그렸다. 그러는 사이 계절이 흘렀다. 그 무렵 어느 화요일의 일이다. 고속버스를 타고 길고 긴 터널을 지나는데, 뒷자리의 아주머니가 전화를 받는다. 마중 나온 이의 전화 같았다. "응, 지금 둔내터널 지나고 있어." 그 덕에 터널 이름을 알았다. 한참을 지나 터널 밖을 나왔을 때 나는 적잖이 놀랐다. 산이 이글이글 불타고 있었다. 서울은 아직 푸른 잎이 가득한데, 강원도의 단풍은 기세가 등등했다. 아무것도 꺼릴 것이 없다는 듯 맹렬히 타올랐다. 하늘은 아주 파랬다. 우리는 터미널 앞 작은 식당에서 점심을 먹었다. 당당하게 러시아산이라 적힌 황태해장국. 달래 무침, 명이나물, 잘 익은 김치를 곁들여가며 뽀얀 국물을 떠먹었다. 생선의 국적을 따질 이유 없이 너무나 맛이 좋았다. 따뜻해진 배를 안고 시골 버스에 올랐다. 우거진

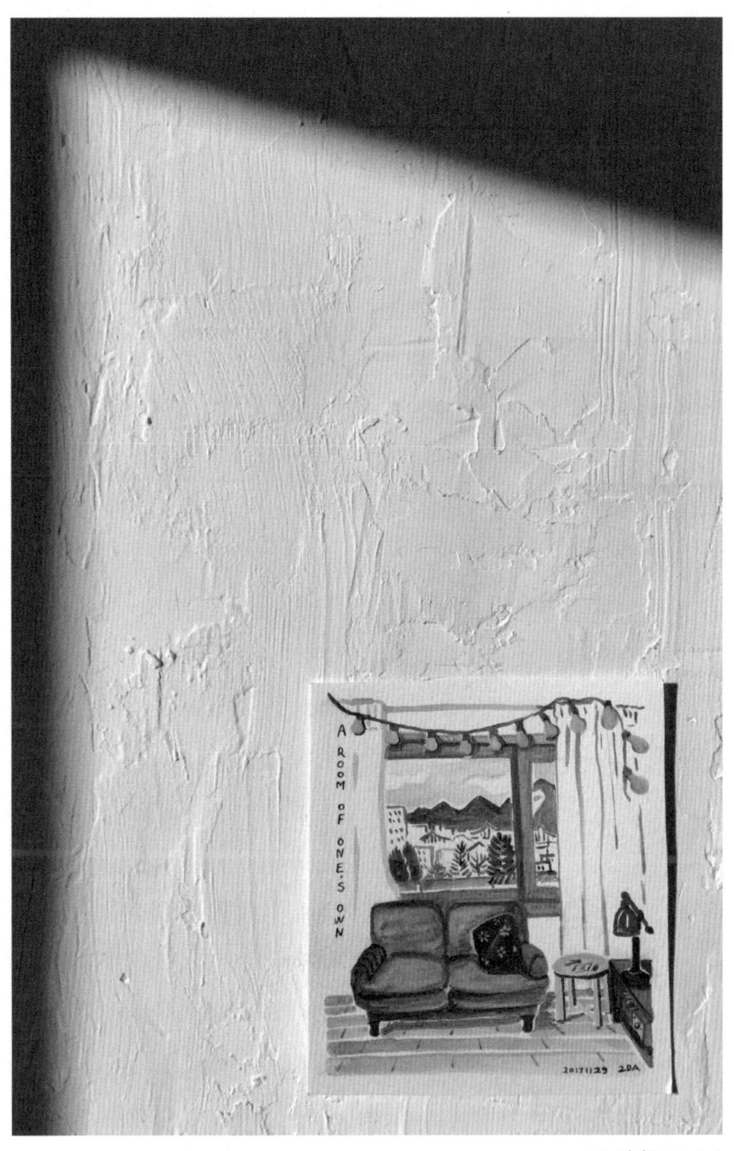

그림. 이다(@2daplay)

전나무 사이 다람쥐가 맴을 도는, 그 좋은 길을 선생님과 함께 걸었다. 머플러를 두르고 핫팩을 붙인 채 길가에 걸터앉아 그림을 그렸다. 앞으로 오대산 하면 나는 이날을 떠올리겠지. 거침없는 단풍, 죽은 전나무의 매끄러운 등, 그림을 그리느라 몰두하던 마음들.

그렇게 헤어졌던 선생님이 '자기만의 방'을 찾아오는 날. 나는 두근거리는 마음으로 엽서를 썼다. 선생님의 그림을 아주 예전부터 좋아해왔다는 수줍은 고백부터 이곳에 머무는 동안 따뜻하고 즐거운 시간을 보내면 좋겠다는 작은 바람을 담았다. 선생님은 열흘간의 여행을 채워줄 작은 캐리어를 끌고 왔다. 아마도 그 안에는 우리에게 보여주었던 많고 많은 그림 도구들이 들어 있겠지. 아주 낯설지 않은 동네에서 여장을 풀고 누리는 날들. 지내시는 동안 눈이라도 한 번 오면 참 좋겠다고 생각했다.

이틀 후인가 한밤중에 사방에 흰 눈이 펄펄 내렸다. 그 밤에 잠옷 차림으로 나와서 집 앞 언덕배기에 쌓인 눈을 쓸고 염화칼슘을 뿌렸다. 그러는 와중에 작은 눈사람도 보았다. 옆집

꼬마들이 만들어놓은 눈사람. 쟤네는 언제 나와서 이걸 다 만들었을까 싶다가 인왕산에 소복이 쌓일 눈을 생각했다. 그리고 아침에 일어나 그걸 볼 선생님의 얼굴도. 눈도 산도 내 것이 아닌데 어쩐지 뿌듯한 마음이 들었다.

어제는 아주 매서운 바람이 불었다. 그만큼 공기는 맑고 청명했다. 해 질 녘 인왕산은 잔가지의 실루엣이 보일 정도로 선명했다. 해는 이미 산 너머로 지고, 거기에 해가 있다는 잔상만 남겼다. 그 풍경을 담고 싶어 카메라를 열었으나 담아지지 않는다. 이리저리 애를 써보다 그냥 바라보기로 했다. 귀한 그림과 선물, 크리스마스카드를 받았다. 다시 만날 것을 알기에 아쉽지 않은 마음도 있다. 널어둔 수건을 개어놓고, 청소기를 꺼내어두고, 식탁에 앉아 글을 쓴다. 옅은 구름이 흘러간다. 조금 전 새 한 마리가 빠르게 날아갔다. 느린 햇살이 거실을 지나 부엌까지 스민다. 더없이 고요하다.

시드니에서 온 트레이시와 제시카가 떠났다. 아침 아홉 시 비행기라서 새벽녘 서둘러 나선다고 했다. 나는 느지막이 오후가 되어 원서동에 들렀다. 빨랫감을 세탁기에 돌리고 기다리는데, 알림음이 울린다. 트레이시가 후기를 썼으니 확인하라는 메시지다. 벌써 도착했단 말인가. 궁금한 마음에 후기를 확인해본다. 언제나 이 순간은 조금 두근거린다. 느낌표를 팍팍 찍은 칭찬 섞인 후기를 읽는데 오래전의 마음이 되살아난다. 구비 물품을 준비하면서, 샴푸와 린스, 바디 샤워에는 특히 공을 들였다. 향이 좋고, 동물 실험을 하지 않는 회사에서 만든, 친환경적인 제품으로 내가 사용하는 것과 같은 것들로 두자고 마음먹었다. 여행지에서 하루를 마무리하는 샤워는 소중하다. 더불어 그런 작은 생각을 하나씩 모을수록 이곳에서의 경험을 바탕으로 책을 만들고 싶다는 소망도 품게 되었다. 그것은 다분히 불확실한 미래였다. 달과 나는 이런 종류의 비지니스와는 거리가 먼 사람들이다. 다만 여행하며 경험한 각국의 집에서 좋은 인상을 받았다는 것, 그게 다였다. '그걸 이곳 서울에서도 구현해볼 수 있지 않을까' 하는 순수하고도 맑은 열망이 전부였다.

꼬박 한 달간 함께 여행하는 동안 나는 우리가 머물렀던 도시와 우리가 짐을 풀었던 집, 그리고 호스트의 이름을 하나하나 기억한다. 각기 다른 그곳들에서 몹시 강렬한 인상을 받았다. 경험은 우리를 또 다른 곳들로 이끌었다. 영감이라면 영감이랄까. '자기만의 방'을 꾸리면서 가장 많은 영향을 받은 것은 마리의 집이었다. 나는 그곳에서 홀로 일주일을 머물렀다. 렌트비가 비싼 파리였으므로 혼자 머무를 수 있는 작은 공간이 필요했다. 마리의 집은 그렇게 머물기에 아주 적당했다. 센 강변 가까이 있는 위치도 좋았다. 나는 유유히 산책하고, 아무 데나 앉았다. 유심 카드 없이 떠난 여행이었기에 가져간 책 몇 권을 읽고 또 읽었다. 레스토랑에서, 강변에서, 광장의 카페에서. 집에 돌아오면 고요가 맴돌았다. 그 작은 부엌에서 즉석밥을 데우거나 바게트를 썰었다. 우물우물 무엇을 씹으며 가져간 가이드북을 훑었다. 싱크대 밑 드럼 세탁기에서 꺼낸 빨래들은 집 안 곳곳에 주렁주렁 매달렸다. 커피를 내려 마시고, 노트북으로

1 19 '18

영화를 보았다. <밤과 낮> 그리고 <프란시스 하>. 갑작스레 비가 내리면, 꼭대기 층인 그 집은 천장이 빗소리로 울렸다. 부엌 창으로는 맞은편 지붕에 앉은 비둘기가 보였다. 그해에도 늘 피로에 시달렸으므로, 도착한 첫날 퐁피두 센터 앞에서 찍은 사진 속 내 얼굴은 거무죽죽했다. 기억한다. 며칠이 흐르고 낯빛이 차차 피어났다. 그곳에서의 시간은 내게 치유가 되어주었다.

마리는 모르겠지만, '자기만의 방'에는 마리에 대한 오마주가 있다. 나는 내가 겪은 시간이 이곳에서도 흐르길 바란다. 북적이는 도심 속에 조용한 공간. 이제는 진부한 말이 되었으나 여전히 내게는 영향력 있는 문장. '일상을 여행처럼, 여행을 일상처럼.' 그래서 다녀간 이들이 조용히 내게 속삭일 때면 내 마음은 순수한 기쁨으로 차오른다.

지난 금요일에는 전주와 순천에서 온 커플이 도착했다. 집 앞 골목에서 만나서 함께 집에 도착해 간단히 설명을 마치고 서둘러 신발을 꿰어 신었다. 때로는 호스트의 지나친 상냥함이 되려 방해가 될 수 있는 걸 안다. 뒤축을 누르며 급히 운동화를 신는데, 선한 인상의 남자분이 여자 친구가 작가님을 좋아한다며 말을 건넨다. 그 말에 나는 황급히 놀란다. 이어 여자분도 말을 거든다. 예전에 플리마켓을 할 때도 오고 싶었으나 멀어서 올 수가 없었다고 했다. 너무 편한 복장에 편한 얼굴인 나는 조금 쑥스러워진다. 언제 어디서나 작가님이란 호칭은 몸 둘 바 모르게 만든다. 무릎을 꿇고 제대로 구도를 잡는 남자 친구분 덕에 나는 신발을 벗고 다시 마루에 오른다. 어느새 웃는 얼굴로, 선물 받은 초콜릿 상자를 들고 포즈를 취한다. 웃음은 어색했을지라도 마음은 더없이 따뜻했다. 정말로 그랬다.

마음속에 어렴풋하게나마 정해둔 기일이 차차 임박하는 것을 느낀다. 그것은 여러 종류의 일이다. 일이라면 일이고 사건이라면 사건, 어쩌면 전환점일지 모를 일. 해가 바뀌면 원서동에서 원고를 마무리해도 좋겠다고 달이 말했다. 새해가 기대되는 것은 아주 오랜만의 일이다.

여장과
살림 사이

쥐도 새도 모르게 새해가 밝았다. 신년을 기념하기 위해 모인 자리에서 맥주를 마시며 타로점을 보았다. 이름하여 새해 운세. 내 안의 충동이 일렁이고 있다는 점괘를 받아 들었다. 그렇게 마음껏 일렁이자며, 언제고 또 특가로 나온 표를 잡아타고 떠나자며 모인 이들과 의기투합했다. 더운 나라에서 이 술 저 술을 들이부으며 수영하는 상상도 했다. 맥주로 가볍게 목을 축인 자리는 해장국까지 치면 5차까지 이어졌다. 칵테일로 돋운 흥은 데낄라로 정점에 올랐다. 우리는 이리저리 뛰며 춤을 추었다.

일렁이는 것은 충동이나 머나먼 미래만이 아니었다. 숙취에 고생하던 나는 열두 시간 만에 정신을 차린 후 냉장고를 털어 달과 함께 저녁을 만들어 먹었다. 그리고 커다란 트렁크를 열어젖혔다. 우리는 각자의 짐을 꾸렸다. 속옷과 양말, 노트북과 책, 사과와 귤도 챙겼다. 빗과 수건, 세탁한 베갯잇도 잊지 않고 넣었다. 우리는 원서동에 도착했다.

작년, 아니 이제는 재작년이 된 겨울. 우리가 꾸리고 만들어낸 이 공간에서 잠시 지내보기로 했다. 산속의 겨울을 피해 달아난 셈이다. 러시아 왕족도 아니건만 겨울 별장에 피한을 왔다. 간단한 청소를 끝내고, 짐을 풀었다. 겨울을 무사히 난 식물들에게 물도 주었다. 달은 내일 입을 셔츠를 걸어두었다. 여장과 살림이 어우러진 공간. 생각해보면 나는 이 집에서 마음 편히 잠들어본 적이 없다. 공사를 할 때는 작은방에 틀어박혀 쪽잠을 잤고, 가끔은 세탁기의 알림음을 기다리며 소파에서 짧은 낮잠을 잤다. 손님이 머무를 공간이라 생각하니 침대에 들어가 함부로 눕기가 꺼려졌다. 그러나 오늘은 그래도 괜찮다. 뜨거운 물로 샤워를 하고 새 잠옷으로 갈아입었다. 달이 젖은 머리를 훌훌 말려주었다. 창밖에는 밤이 가득했다. 도시의 낮은 불빛이 잔잔히 깔리고, 저 멀리 산들이 섰다. 참으로 고요했다.

일종의 작업실. 앞으로는 여기가 익숙해질 테다. 여기 이렇게 앉아 끙끙거리고 낑낑대며 무엇을 만들려 애를 쓰겠지. 잇고 깁고 누벼서 페이지를 만들려 하겠지. 날이 흐리면 흐린 대로 맑으면 맑은 대로. 벌써 이 자리가 아늑하게 느껴진다. 다행이다.

슈퍼호스트의
왕관

간결한 삶을 찾아 이곳에 온 지 닷새째. 트렁크에서 꺼낸 짐은 단출하다. 입고 온 것을 포함해 외투 두 벌, 바지 두 벌, 신발 두 켤레. 양말은 여섯 켤레나 되는데 그건 가방에 넣은 노트북을 보호하기 위한 용도였다. 작은 부엌에서 용케 무엇을 만들어 먹고(간장은 에스프레소 잔에 담고, 쌈장은 소서에 담는 식이다), 또 부지런히 설거지한 그릇들을 겹치지 않게 얹어둔다. 몇 안 되는 빨래를 세탁한 후 건조대에 넌다. 좁다란 집에서 오며 가며 만나는 창밖 풍경은 아직도 나를 설레게 한다. 날은 쨍하게 춥다. 그 덕에 사방의 풍경이 매우 또렷하게 보인다. 아침이면 집 뒤편에서 떠오르는 해가 서쪽을 비춘다. 건물의 동쪽 벽이 해를 받아 하얗게 빛나는 시간이다. 정직한 방위로 지어진 집이기에 해가 뜨고 지는 모양을 보아 시간을 가늠할 수 있다. 남쪽 광화문 아래야 벌써 분주함이 가득하겠지만, 여기 북촌은 아직 조용하다.

며칠 전엔 크세니아에게 메시지가 왔다. 올해 예약이 벌써 다 찬 거냐고, 사월에 한 달간 머무르고 싶은데 가능하겠냐고 물어왔다. 나는 우리의 계획을 말해준다. 아직 미완인 계획일지라도, 그렇게 짧은 안부와 서로의 행운을 빈다. 그러고 보니 페트라에게서도, 크세니아에게서도 한글로 쓴 새해 인사를 받았다. 새해 인사의 정석인 '새해 복 많이 받으세요'라는 문구. 그녀들은 각자의 나라에서 한국어를 공부하고 있다. 나는 크세니아가 쓴 지난 주말 일기 작문 과제를 본다. '나는 할아버지의 집에 갔다'로 시작되는 노트와 참이슬 빨간 병을 들고 있는 사진도 보인다. 잠시 그 독한 맛을 떠올리며 걱정하다가 이내 생각을 접는다. 감히 러시아 사람 걱정할 일이 아니지 하고.

에어비앤비에서도 메일이 왔다. 4분기, 그러니까 일 년 동안 슈퍼호스트를 유지했으므로 주는 100달러의 크레딧. 메일에는 영어권 특유의 호들갑스러운 칭찬이 그득하다. 잠시 세속적으로 100달러 크레딧이면 하루 숙박 정도 되겠네, 했다가 지난날을 복기한다. 일 년간의 노고와 이 영광에 대해서. 그것은 어렵기도 쉽기도 한 일이다. 별 다섯 개의 평점과 찬사 어린 후기들을 지닌 우리 집. 그건 호텔처럼 완벽해서가 아니다. 몇 번의 위기도 있었다. 수도 공사로 건물 전체에 물이 나오지 않은 날, 보일러가 말썽을 부린 날 등등. 그때마다 나는 가슴이 철렁 내려앉았다. 황망한 낯빛을 하고 찾아가 사정을 설명하고 남은 일정에 대한 환불과 다른 호텔로의 예약을 제안했다. "원하는 곳으로 예약해줄게. 비용은 내가 부담하고, 짐도 차로 옮겨줄게." 새로이 깨달은 것은 위기의 순간에 일사천리로 튀어나오는 영어 실력이었다. 문법을 무시하나 뉘앙스만은 정확하게 절망적인 영어. 내 얼굴에는 그보다 더한 송구스러움이 가득했다. 그걸 알아준 이들. 얼마든지 매몰차게 클레임을 걸 수 있음에도 불구하고, 그들은 한사코 괜찮다고 했다. "내일 다시 물이 나온다고? 음, 그럼 오늘은 생수로 씻을게." 깊은 감사가 절로 우러나왔다. 집에 돌아오고 나서도 종일 전전긍긍했다. 다음 날 물이 다시 잘 나온다는 말을 듣고 나자 안도와 함께 또 걱정이 생겨난다. 그들이 작성할 후기가 겁이 나는 거다. 사람 마음이 이렇게 간사함을 또 이렇게 알게 된다. 그래서 체크아웃 후, 후기 알림이 뜨자 이 속된 인간은 더없이 긴장하기 시작했다. 그

녀는 이렇게 썼다.

"Euna has been an amazing host who has always been responsive and helpful whenever we need help. Her apartment is small yet cosy and we were pampered with gorgeous views. Overall, we had a wonderful stay!"

도움이 필요할 때 도와주는 사람이었나요, 제가? 앞으로도 그런 사람으로 살겠나이다. 진심 어린 서원이 마음속에 새겨졌다. 그러니 이 영광은 나 혼자만의 것이 아니나니. 이해심이 가득하고, 배려심이 넉넉한 넉넉한 게스트 덕에 제가 이 자리까지 왔네요. 모두에게 진심으로 감사드립니다. 이렇게 수상 소감이라도 말해야 할 분위기다. 그래서 다소 격정적인 내가 된다. 조용한 원서동 집 창가에 앉아 베토벤처럼 키보드를 두드리며 고마운 마음을 전한다.

키친 테이블

라이터

영하 10도의 한파. 어제는 명동에서부터 종각까지 걸었다. 필름을 맡기고, 마을버스를 타고 집으로 돌아왔다. 공평동에서 인사동과 운현궁을 지나 북촌에 당도하는 버스다. 조금이라도 덜 걷기 위해 세탁소 정류장 대신 포르투갈 대사관 앞에서 내렸다. 오른편으로 고개를 돌려 바라본 창덕궁은 여전히 아름답다. 매일 보는 풍경이지만 아름다움은 변치 않는다. 집에는 훈기가 돈다. 겹겹이 입은 옷들을 갈아입고 물을 한 잔 마신다. 부엌 창으로는 돈화문 지붕이 엿보인다. 그 너머 원남동과 동대문의 빌딩들도.

노트 한 권이 게스트들의 손글씨로 채워졌다. 그것은 이미 내게 보물이 되었다. 가끔씩 날아오는 메시지, 거기에 담긴 반가운 안부. 서로의 근황을 묻고, 자신이 머무는 곳의 사진을 보내고, 뉴스에서 접한 소식을 물어본다. 한국의 폭설을 걱정해주는 메시지도 받았다. 그 마음들이 고맙다. 크세니아는 올해 봄에 다시 한 달 동안 이곳에 머무르기로 했다. 우리는 그동안 구기동으로 돌아가 봄을 지낼 계획이다. 벚나무 아래 모여

든 고양이들에게 밥을 주고, 청명한 날에는 마당에 빨래를 널면서. 이제껏 그랬던 것처럼.

아직은 완연한 겨울이다. 식탁에 앉아 문장을 쓴다. 인왕산에는 희끗희끗 눈이 쌓였다. 건물 옥상에서 흰 연기가 피어오른다. 뜨겁게 데우지 않으면 안 되는 날씨이므로 두 잔째 커피를 마시며 나는 '키친 테이블 라이터'란 단어를 떠올린다. 짬을 내어 부엌에 앉아 글을 쓰는 사람. 쪼갠 시간을 이어 문장을 엮는 사람. 나는 그런 사람이 되고 싶다고 아주 오래전부터 생각해왔다. 이곳에 여행자를 위한 공간을 꾸리고 싶어졌을 때, 나는 자연스레 다음과 그다음에 대해서도 생각했다. 사람들이 이곳을 좋아해주면 좋겠다. 그리고 나는 이 이야기들을 엮어 글로 쓰고 싶다. 준비하면서 있었던 일들부터, 다녀간 사람들에 관한 이야기, 호스트로서의 마음에 관해. 시간이 많이 흐르면 시시콜콜한 순간과 감정들을 담아 쓴 이 글을 모아서 책으로 만들고 싶다. 책으로 만든 다음에는 그럼? 사람들이 많이 읽어주면 좋겠지만, 거기까지 상상하기엔 쑥스러움이 앞섰다. 그냥 이야기를 잘 담아두고 싶은 마음이 먼저였다.

일 년여의 시간이 흐른 지금, 원서동 이야기의 마지막 장을 쓰고 있다. 너무 진부하지 않았으면 하는 바람이지만 그러나 몹시 진부하게도 지난 시간이 새록새록 떠오른다. 어설프고 부족한 솜씨. 하지만 사랑이 가득했던, 그것으로 충분히 뿌듯했던 날들. 어느새 나는 이다음을 생각한다. 지금과는 다른 양식의 삶. 어쩌면 사뭇 다른 장소에서 다른 것들을 바라보고 있을지도 모른다. 기대했던 혹은 기대치 않았던 일들과 마주할 수도 있다. 어떤 종류가 되었건 나는 하루하루를 살고 있을 테니 앞으로도 계속해서 쓰고 싶다, 이렇게 작은 식탁에 앉아.

ThinkPad

집의 기억들

파리 1

파리 2

뉴욕

발리 1

발리 2

바르셀로나

어릴 적 배를 깔고 엎드려 그림을 그리곤 했다. 두툼한 이면지 묶음을 옆에 두고, 연필을 쥐고서 뭔가를 쓱쓱 그렸다. 오른손 손날이 시커멓게 되도록 그린 것은 <베르사유의 장미>에 나올 법한 공주님, 그리고 또 하나는 '집'이었다. 흰 종이 위에 직선의 외벽을 그리고 차차 구조를 만들어나간다. 문과 창문의 열림 각도를 부채꼴로 그리고, 가전과 가구를 이리저리 배치해본다. 공중에서 바라본 평면도를 다 그리고 나면, 정면에서 바라본 입면도를 그릴 차례다. 입면도를 상상하는 데 도움을 준 것은 아무래도 인형의 집이었던 듯하다. 나는 바비도 미미도 아니건만, 입면도를 그릴 땐 이층집, 삼층집들이 당당히 등장했다. 층고가 높은 천장에는 샹들리에를 달고, 다락방은 반드시 꾸려 넣었다. 복도식 주공 아파트에 사는 초등학생에게 다락방은 동화 속에나 등장하는 비밀 공간이었다. 재미있는 일이 일어날 것만 같은 공간. 비밀스러운 뭔가를 찾을 수 있는 공간. 『나니아 연대기』의 옷장이나 『이상한 나라의 앨리스』의 토끼굴 같은 곳. 비슷한 기분을 친척 집에서 느낀 적이 있다. 몇 십 년 전만 해도 주택가에 흔했던 2층 양옥집. 철문을 열고 들어서면 돌로 된 계단이 자리했다. 마당 한편의 나무 옆에는 기와지붕 모양의 개집이 있고, 명절에 모인 친척들을 보고 왕왕 짖는 백구도 있었다. 집의 내부 마감재는 묵직해 보이는 나무였다. 그 집의 백미는 2층과 연결되는 나무 계단으로, 두툼한 손잡이와 난간은 언제나 반질반질 윤이 났다. 어린이들은 난간을 타고 미끄러져 내려오는 장난을 쳤다. 그때마다 야단을 맞는 건 당연한 수순이었다. 사촌 언니의 방에는 원목으로 만든 이층 침대가 있었다. 침대 위쪽 난간에서 이불을 길게 늘어뜨리면, 아래층은 작고 컴컴한 벙커가 되었다. 그 안에 틀어박혀 노는 것이 좋았다. 컴컴한 공간에 웅크리고 앉아 무서운 이야기에 쫑긋 귀를 기울였다.

더 이상 엎드려 그림 그리지 않는 나이가 되고 나니 집은 다른 의미로 다가온다. 종이 위에 그린 집과 달리 현실 속 집에는 집 이상의 것이 담겨 있다. 빽빽한 숫자들, 가진 것과 갖고 싶은 것 사이의 괴리, 빌리고 싶은 것과 빌릴 수 있는 것의 차이. 그 사이로 고이는 막막함과 고단함. 더불어 '어떻게 살 것인가'와 '어디서 살 것인가'가 은근하고 촘촘하게 연결된다는 것도 알게 되었다. '살다'라는 단어가 가지는 폭이 얼마나 넓은지 새삼 놀라곤 한다.

그래서 짬을 내어 낯선 곳에 방문하고, 그곳에 사는 사람들의 삶을 들여다보는 일이 좋다. 새로운 환경에서 잠깐이나마 살아보는 동안 감각은 더욱 민감해진다. 내가 알고 있던 것과 다른 면에 감탄하고, 비슷한 부분에 공감하며 웃는다. 기차역이나 공항에서 마주한 사람들의 눈빛과 표정은 어딜 가나 비슷했다. 긴 여정의 버스에서 맞대어 기대는 머리들 역시 그러했다. 그걸 보며 홀로 차창에 기대면서도 나는 내 고독이 마음에 들었다. 떠나기 전보다 대담해지고 용감해진 것만 같았다. 자박자박 걸으며 깨치는 것은 순도 높게 마음속에 스며들었다. 내가 어디서 어떻게 살 것인지 탐색하는 일은 내가 무엇을 좋아하고 무엇을 어려워하는지 배우는 과정이기도 하다. 새롭게 맞닥뜨리는 작은 경험들이 모여 나란 사람의 레이어를 두텁게 만들어 주니까. 어떤 도시의 집은 가볍게 머무르는 것이 좋았고, 또 다른 집은 흠모하는 대상이 되었다. 여권을 찢어버리고 영영 머물고 싶은 곳도 있었다. 그 과정을 지나며 이런 도시의 이런 집에서, 어떤 삶을 살고 싶다는 꽤 구체적인 생각이 자리를 잡는다. 집을 이루는 구조처럼, 여러 가지 요소들이 모여 하나의 그림을 그려낸다. 자연스럽게 거기에 어울릴 만한 삶도 상상하게 된다. 말 그대로 청사진인 셈이다. 스케치한 뼈대 위에 차곡차곡 살을 붙이고 덧칠을 한다. 아주 천천히, 느긋이, 오랫동안. 먼 훗날, 그림이 완성될 쯤엔 나도 그에 걸맞은 사람이 되어 있을까.

Paris

그 건물의 문은 모두 빨간색이었다. 여러 번 페인트를 덧칠해 원래보다 조금 더 두툼해진 문. 나는 캐리어와 함께 문 앞에 섰다. 다시 한 번 벽에 붙은 번지를 확인하고 문을 밀어보았다. 열리지 않았다. 벽에 주르르 붙은 초인종을 누르려 했으나, 어떤 단추인지 알 수 없었다. 핸드폰을 꺼내 낯설고 긴 번호를 눌렀다. 남자의 목소리. 나는 두서없는 영어로 더듬더듬 말했다. 나, 여기 건물 앞에 도착했는데 문을 열 수가 없어. '문을암만잡아다녀도안열리는것은안에생활이모자라는까닭이다. (……) 문을열려고안열리는문을열려고.' 문득 이상의 시가 생각났다. 생활이 모자란다는 것은 그럴싸하다. 나는 아직 그 집이 어떤 곳인지도 모르니. 잠시 후 문이 열렸다. 햇살로 환한 밖과 다르게 건물 안은 어두컴컴하고 고요했다. 좁은 복도 끝에는 유리문이 하나 더 있었다. 그 문을 밀고 한 남자가 나왔다. "하이." 파리 사람과의 세 번째 인사였다.

첫 번째 인사를 건넨 이는 루아시 버스 기사였다. 버스에 오르며 서울에서처럼 습관적으로 목례를 했다. 공항을 빠져나온 버스는 도로를 달리기 시작했다. 빠르게 멀어지는 차들을 바라보았다. 선팅을 하지 않은 차창 너머로 운전자의 습관이 고스란히 보였다. 블루투스 이어폰을 끼고 통화하는 사람, 옆자리에 앉은 사람과 이야기를 하는 사람, 그냥 무심히 운전만 하는 사람. 저 멀리 녹색의 언덕과 희게 빛나는 건물이 있어, 저기가 몽마르트르인가 생각했다. 이윽고 시내로 접어들자 차창 밖의 밀도가 높아졌다. 신호등과 횡단보도, 오토바이를 타는 사람, 자전거를 타는 사람, 걷는 사람, 유아차를 밀며 걷는 사람. 버스의 경적은 가벼운 종소리여서, 크나큰 버스임에도 불구하고 귀여운 느낌이 물씬 났다. 옆 차의 끼어들기를 막으며 뎅뎅, 오토바이의 추월을 경계하며 뎅뎅. 버스가 선 곳은 오페라 역이었다. 마침 퇴근 시간 무렵이라 거리는 더욱 북적였다. 캐리어를 쿵 하고 내려놓고 나는 보도에 섰다. 눈앞에 오페라 가르니에가 보였다. 건물은 웅장하고, 황금빛 장식은 밝게 빛났다. 자, 여기가 파리란다. 갓 도착한 여행자를 내려다보며 선언하는 듯했다. 나는 시골쥐가 되어 주변을 재빨리 살폈다. 방향을 가늠할 수 없어 눈앞에 보이는 택시를 향해 손을 흔들었다. 기사 청년은 캐리어를 트렁크에 넣어주었고, 나는 순간 이것도 서비스 비용이 붙는 건 아닐까 생각했다. 시골쥐의 본능이었다. 노트에 써둔 주소를 보여주니 그는 말없이 출발했다. 라디오에서 마이클 잭슨의 노래가 흘렀다. 차는 미끄러지듯 일방통행 도로로 접어들었다. 두 번째 인사는 "봉주르"와 "메르시"가 다였다.

괜찮다고 만류하는데, 세라핌은 내 캐리어를 성큼 들고 앞장섰다. 각이 둥근 세모꼴 계단을 그를 따라 올랐다. 계단에는 붉은색 카펫이 깔려 있다. 2층을 지나 3층에 올랐을 때쯤일까. 세라핌은 호의를 베푼 것을 약간 후회하는 듯 보였다. 그가 내색하거나 한숨을 쉬진 않았으나, 눈치는 낯선 곳에서 기민하게 발휘된다. 그렇다고 내가 거들기엔 두 사람이 나란히 서기도 버거울 만큼 계단 폭이 좁다. 거친 숨을 몰아쉬며 도착한 곳은 5층. 건물 꼭대기 층이었다. 세라핌은 다시 눈앞에 나타난 빨간 문을 열고 나를 안내했다. 그리고 손짓과 짧은 영어를 섞어 집 안 곳곳의 버튼을 일러주었다. 가스 불은 이렇게 켜고, 샤워기는 이렇게 이용하면 되고, 오디오는 이렇게 켜면 되고. 나는 고개를 끄덕끄덕했다. "만약에 불편한 것이 있으면 마리에게 연락하면 될 거야." "응, 고마워." 이제는 내가 주인처럼 그를 입구에서 배웅한다. 집 밖으로 나서려는 그를 불러 세우고 나는 마지막 질문을 한다. "세탁기 세제는 어디 있어?" 실용적인 내용과 달리 문장은 매끄럽지 못하다. "런드리, 런드리, 런드리 솝." 이건 마임으로 설명하기도 어렵다. 주섬주섬 토막 난 단어들을 간신히 꿰어 물음표를 붙인다. 알고 싶다는 내 눈빛을 알아챘는지 그가 벽장을 열어 보여준다. 두루마리 화장지와 세탁 세제들이 가지런히 놓여 있다. "여기 있는 것들을 꺼내 쓰면 돼." "고마워." 그는 웃으면서 문을 나선다. 세제와 화장지 위치까지 알았으니 나는 여유로운 표정을 지으며 손까지 흔들며 그를 배웅한다. 세라핌이 계단을 돌아 내려간다. 나는 받아든 열쇠로 문을 잠그고 찬찬히 집을 둘러본다. 집이 마음에 든다.

Paris

Paris

YOU CAN USE
EVERYTHING
IN THE KITCHEN
FOOD, OIL, VINEGAR
COFFEE ... ETC
THERE IS A MILK
MACHINE FOR
CAPUCHINO !
WELCOME AT THE LOVELY
AND COSY HOME
5 RUE BEAUTREILLIS 75004
FIRST DOOR CODE 51B19
SECOND GLASS DOOR : KEY
ALWAYS LOCK THE DOOR OF THE
APARTMENT EVEN INSIDE
WIFI
B.BOX-AEEEDD
PASSEWORD 11FF5F7D5C
My number 0033 678601997
Séraphim 0033 647503957
DO NOT
PRESS
OR PULL !
BATHROOM LIGHT

현관문을 열면, 왼편에 작은 화장실이 있다. 오른쪽으로는 짧은 복도. 복도 벽에는 옷걸이가 몇 개 걸려 있다. 복도를 지나면 트인 공간이 나온다. 그 공간이 이곳의 전부다. 오른편으로 작은 개수대와 가스레인지, 조그만 미니 오븐이 있다. 그 아래에는 냉장고와 세탁기, 그리고 쓰레기통이 놓여 있다. 개수대 옆쪽에 나무로 짠 장이 있고, 그릇, 볼, 티포트 등이 천장에 닿을 만큼 차곡차곡하다. 그 앞에 식탁이 있다. 부엌에 난 커다란 창은 옆 건물의 세모꼴 지붕과 마주한다. 샤워실이 있고, 코드가 뽑힌 라디에이터가 있다. 라디에이터 옆에는 큼지막한 거울이 벽에 비스듬히 기대어져 있다. 식탁 의자에 앉아 왼편을 돌아보면 나름 거실이라 할 만한 공간이 있다. 이 작은 공간에 벽난로도 있다. 방구석 책상 앞 라탄 의자 위에 종이가 하나 올려져 있기에 보니, 다리가 부러져 앉으면 안 된다고 적혀 있다. 그럼에도 당당히 공간을 차지하고 있다. 거실 왼쪽 끝에는 커다란 창이 또 있고, 창 너머로 맞은편 집의 불투명 유리가 보인다. 창가 바로 아래에 소파와 작은 테이블이 있다. 거실 구석에는 나무로 된 사다리가 있다. 난간이 없는 그 사다리를 오르면 자세가 절로 움츠러든다. 사다리 끝은 공간의 절반을 차지한 복층과 연결되어 있다. 그곳엔 작은 서랍장과 푹신한 요와 베개가 있다. 남은 벽면에는 책이 빼곡히 꽂혀 있다. 두툼한 화집부터 바랜 문고판까지 다양하다. 구석구석 살뜰히도 꾸며두었다. 액자와 엘피, 엽서 같은 것들로.

공간을 살펴본 후, 캐리어를 열었다. 알뜰살뜰 꾸려온 살림들이 삐져나온다. 나는 성층권을 건너온 달팽이 같다. 금세 펼칠 수 있는 집과 동행한다. 지구본을 돌려 콕 짚은 곳에 당장 떨어진다 해도 이 가방과 함께라면 당분간은 걱정이 없다. 백여 년 전 조상님들처럼 지도와 나침반, 주머니칼과 포켓용 보드카가 없음에도. 태평양 무인도에 떨어져도 깔끔하게 손톱 정리를 할 수 있고(물론 기분에 따라 색깔 전환도 가능하다), 극지방에 떨어져도 오곡이 들어간 햅쌀밥을 먹을 수 있다(튜브 고추장과 참치 통조림이라면 단조롭지 않은 식사 시간을 만들 수 있다). 여기서 구하려면 못 구할 리도 없건만, 굳이 꾸려 넣어온 짐들이다. 그렇지만 수화물 비용을 더 낼 용의는 전혀 없기에, 가방 안은 온통 고심의 순간들로 가득하다. 여행 가방을 쌀 때만큼 순간적인 판단을 재빨리 해야 할 때가 또 있을까. 이거 챙길까? 조금 덜어갈까? 아예 뺄까? 린스 하나를 두고도 세 가지 선택지가 펼쳐진다. 린스 같은 경우는 삼 번 문항을 찍고 금세 넘어가지만, 제법 고민해야 하는 경우도 있다. 특히 가져갈 책을 고를 때가 그렇다. 여행지에서 우연히 만난 서점에서 마음에 드는 책을 골라 읽는다. 혹은 숙소에 있는 낡은 책을 집어 들었다 이내 빠져든다. 이런 일은 일어나지 않는다. 외국어 까막눈인 나를 탓할 수밖에. 유려하고 섬세한 모국어를 사랑하는 나는 꾸리다 만 가방 앞에서 더욱 엄격해진다. 지난 여행지에서 책장에서 꺼내 들고 간 세 권의 책을 세 번 완독하고 돌아온 것을 떠올리고 이번엔 표지 한 번 안 넘긴 책들로 챙기기로 한다. 저자 이름만 믿고 골라 놓은 책들을 캐리어 제일 깊은 곳에서 꺼낸다. 지퍼로 잠긴 집을 해체하기 시작한다. 구겨진 옷을 옷걸이에 걸고, 노트와 책은 책상 위에 올려둔다. 카메라와 필름은 모자에 담아 식탁 위에, 즉석밥을 비롯한 비상식량은 부엌 한편에 잘 넣어둔다. 아, 이제 좀 내 집 같아. 짧은 이사를 마친 기분이다.

“십칠 일 동안 어디 어디 갔어?” 누군가 물어오면 “파리에만 있었어”라고 대답했다. “그럼 베르사유나 몽생미셸이나……” 하고 물어오면 다시 대답한다. “파리에 있는 집을 빌렸는데, 집이 참 좋아서 그냥 죽 머물러 있었어.” 그러고 보면 파리에서도 집에서 눌러앉아 보낸 시간이 대부분이었다. 익숙하게 현관문을 열고, 다섯 개의 층을 올라, 다시 문을 열고 집으로 들어선다. 시장에서 막 사온 재료들로 밥을 해 먹는다. 커피를 내려 마시고. 그릇들을 물에 담가둔다. 세탁기에서 빨래를 꺼내 옷걸이에 걸고, 앉을 수 없는 의자와 난간 없는 계단 사이에도 널어둔다. 포터블 스피커로 음악을 틀어두고, 소파 크기에 알맞게 몸을 구겨 책을 읽는다. 후두둑 비가 쏟아지면 창을 닫고, 밤이 늦으면 커튼을 친다. 자기 전엔 좁은 마루에 서서 스트레칭을 한다. 조심스러운 발걸음으로 계단을 올라 잠이 들고, 새벽녘엔 더 조심스럽게 내려와 화장실을 간다. 그런 사이사이 지도를 들여다보고, 여행책의 접어둔 페이지를 펴며 동선을 짰다. 그럴 때면 익숙한 내 집 잠자리에서 여행을 떠날 공상을 하는 기분이었다.

New York

New York

ALMOST-GIRLFRIEND
Home Buying FOR Dummies
WITNESS TO THE FIRE
Introducing Culture
WERNER HERZOG
CONQUEST OF THE USELESS

로어 이스트 사이드의 스튜디오를 빌렸다. 나는 열하루 동안 여기에 머문다. 캐리어를 열고, 열하루 동안의 일상을 위해 짐을 푼다. 세면도구와 화장품을 거울 앞에 늘어놓는다. 노트북을 비롯한 각종 전자기기는 한데 잘 모아둔다. 캐리어 깊숙이 넣어두었던 봉투에서 그날그날 일용할 달러를 꺼내 지갑에 넣는다. 무겁게 이고 온 즉석밥도 부엌에 자리를 잡는다. 오직 <헤드윅>을 위해 가져온 원피스도 곱게 걸어둔다. 아무것도 기록되지 않은 필름들도 줄지어 세워둔다. 그렇게 뉴욕에서의 날들이 시작되었다. 시간이 흐르며 스튜디오는 서서히 자취방으로 변해갔다. 별다르게 할 일도 약속도 없는 그런 자취생의 방. 세상 모든 하릴없는 시간들이 고인 공간.

모아둔 빨랫감을 들고 동네의 코인 세탁소에 다녀온 오후에는 창문과 침대 사이를 이어 빨랫줄을 걸었다. 빨래는 마르는 내내 서구적인 세제 향을 폼폼 뿜었다. 이제 나는 빨래가 아니라 런드리라는 듯이. 종종 대중없는 시간에 라면을 끓였고, 부른 배에 흡족하게 잠들곤 했다. 잠은 정말 두서없이 쏟아졌다. 처음엔 서울의 밤 시간에만 졸리던 것이, 나중엔 뒤죽박죽이 되어버렸다. 나는 아무 때나 배가 고팠고, 아무 때나 졸렸다. 그리고 그걸 내키는 대로 했다. 후덥지근한 공기에 깬 어느 오후에는 차가운 물로 머리를 감았다. 수건으로 대충 털고는 선풍기 앞에 멍하니 앉아 이리저리 튀는 물방울을 맞았다. 그럴 때면 다시금 배가 고파졌다. 책상 위에는 자잘한 동전들과 영수증들이 아무렇게나 흩어져 있다. 그 틈에서 25센트만 쏙쏙 골라내 지갑에 담았다. 남은 지폐도 챙기고서 집을 나선다. 여름의 해와 바람이 이른 저녁을 점지해주리라 믿는다.

Bali

Bali

시작은 달이 물어온 소식이었다. 무슨 카드를 만들면 항공권이 원 플러스 원이 되는데 하고 시작된 이야기. 발권이 적용되는 가장 먼 곳이 바로 발리였다. 발리에 대해서 아는 것은 하나도 없고, 어렴풋하게 떠오른 이미지는 신혼여행으로 많이 가는 곳 정도였다. 구글에서 발리를 찾아보았다. 적도 밑에 위치한 섬. 직항으로 일곱 시간이 걸리지만 시차는 한 시간 차인, 그러니까 남쪽으로 멀리멀리 내려가면 있는 곳. 놀라웠던 건 여름철이 건기라는 사실이었다. 여기에 확 끌렸다. 한낮엔 화끈하게 더우나 그늘은 시원하고, 밤은 청명하고 선선한 공기. 빨래가 잘 마르는 그런 바삭바삭한 날씨를 무척 좋아하기 때문에, 내 마음은 급격히 여행을 떠나자는 쪽으로 기울었다.

발리에 여러 번 가본 친구가 추천한 두 곳에 머무르기로 했다. 스미냑과 우붓. 먼저 공항에서 좀 더 가까운 스미냑에 머물렀다가 우붓으로 가는 일정을 짰다. 그다음은 숙소를 고르는 즐거운 시간이다. 우리는 캄캄한 밤, 빈 벽에 컴퓨터 화면을 띄워놓고 열심히 스크롤을 올렸다 내렸다 했다. 목 뒤로는 에어컨 바람이 쏟아지고 손에는 캔맥주가 들려 있다. 구슬땀을 흘리며 캐리어를 끌지 않아도 된다. 지도 앱에서 자꾸만 튀어 오르는 '내 위치'에 갈팡질팡하지 않아도 된다. 물리적 거리와 상관없이 가보고 싶은 곳에 북마크를 해둘 수 있다. 무엇보다 이 모든 것들을 웃으며 할 수 있다. 그렇게 평화롭게 몇 개의 숙소를 골랐다.

여행지의 숙소는 정말 중요하다. 얼마나 중요하냐면, 날씨와 동행하는 사람만큼이나 중요하다. 나이를 먹어갈수록 숙소에 기대는, 또 기대하는 마음은 점점 더 커져만 간다. 복작복작한 분위기 속에서 이층 침대의 계단을 기어오르던 시절은 이제 지났나. 싸고 양 많은 술이 넘쳐나던 파티의 날들은 저물었나. 나는 나만의 화장실에 집착하고, 제공되는 조식에 관해 부푼 꿈을 꾼다. 푹신하고 포근한 침구와 보송보송한 샤워 가운. 쾌적한 온습도와 매끄러운 서비스. 그리고 이들을 감싸는 고요함. 그것은 호텔의 규모나 가격에 꼭 비례하지 않는다. 개인적인 취향으로는 너무 큰 곳보다는 작은 곳이 낫지만, 모든 것은 도착 전까지 알 수 없다. 그러므로 올라온 사진들과 나의 취향을 맞대어 보고, 각국의 사람들이 남긴 후기들을 꼼꼼히 읽어 내린다. 그러다 보면 어떤 기준과 감이 생긴다. 도시의 중심지도 알게 되고, 대략적인 동선도 들어온다. 숙소 찾기 실력은 서서히 는다. 슬금슬금 나도 모르게 조금씩.

일곱 시간의 비행. 짐을 찾고 공항 밖으로 나오니 새벽 한 시에 가까운 시각. 그날 밤을 위해 공항 근처에 호텔을 잡아두었다. 예약 확인을 위해 온 메일에는 도착 시각을 알려주면 호텔에서 무료로 데리러 오겠다고 쓰여 있었다. 늦은 시간에도 픽업을 와줄까 싶어 미심쩍어하며 입국장을 빠져나오는데 아주 많은 사람들이 손팻말과 종이를 들고 서 있다. 다들 데리러 나온 사람들이다. 우리도 우리 호텔 직원을 찾아 차에 올랐다. 차 안에는 라디오 소리가 흐르고, 거리는 어두컴컴하다. 여기일까 싶으면 다시 골목을 돈다. 이제 도착한 걸까 싶으면 다시 골목을 빠져나온다. 그렇게 잠시 달려 호텔에 도착했다. 호텔은 조용하고 넓다. 건물들이 열린 구조라는 점이 신기하다. 로비에 문이 없다. 그러고 보니 공항조차 그랬다. 캐리어를 밀며 안내소와 환전소, 카페를 지나 나오다 보니 별안간 밖에 이르렀다. 들고 나는 공기는 선선하면서 살짝 건조하다. 여러모로 쾌적한 날씨다. 수속을 마치고서 열쇠를 받아들고 방으로 향했다. 물론 방엔 잘 잠기는 문이 있다.

하룻밤 자고 바로 떠나는 것이니 크게 따지지 않고 고른 저렴한 가격의 숙소에서 달게 잤다. 닭이 먼저 울고, 이어 옆 건물에서 공사하는 소리가 들린다. 그 김에 잠에서 깼지만, 크게 개의치 않고 내려가 조식을 먹는다. 식당 역시 앞과 뒤 모두 트여 어슬렁거리는 고양이들까지 가까이서 볼 수 있다. 그 위에 어리는 햇살이 부드럽다. 갱지를 푹 우려낸 듯한 맛의 커피를 마시면서도 나는 이곳이 슬그머니 기대되기 시작했다.

Bali

Bali

Bali

서울에 살면 서울의 속도로 살게 된다. 시간은 분 단위로 끊어져 있다. 무심히 허공에 걸린 시간은 없다. 모두가 바쁘기 때문에 홀로 느긋하기란 어렵다. 그 안에 존재하면서, 자신의 속도를 파악하기란 도통 쉬운 일이 아니다. 일종의 관성. 나는 정말 그게 좋아서 그랬다기보다 안 그러면 안 될 것 같아서 그 속도에 맞추며 살았다. 이 도시와 부대껴 가며 돈을 벌고 돈을 쓰며 살아야 하니까. 그 뒤엔 언제나 불안이나 초조가 대롱대롱 매달렸다. 이게 제대로 사는 건가 하는 의문과 함께. 여하튼 이 빠른 시대에 우리 모두는 효율적인 인간이 되었다. 생산성 있게 시간을 쪼개 쓰며(정확히 말하면 그러고 있다고 믿으며), 여가 시간도 헛되이 쓰지 않으려 노력을 기울이는 사람들. 그러니 여행을 앞두고도 혼자 외우는 주문이 필요했다. 이제부터 나 진짜 여유로울 거야. 나 진짜 헛되게 시간을 펑펑 쓸 거야. 굳은 결심과 계획으로 획득하는 여유랄까.

나는 그걸 서울의 '독'이라 불렀다. 이곳에 머무는 동안 그 독을 다 빼고 말겠어. 도시의 카나리아는 기대에 부풀었다. 그렇게 스미냑에 도착했다. 짧은 인사를 나누고 집 구석구석을 안내받았다. 주렁주렁 매달린 열쇠 꾸러미를 넘겨주며 환히 웃던 리사가 집을 나섰다. 우리는 천천히 다시금 집을 둘러보았다. 높은 담 안의 너른 수영장. 그 앞에 펼쳐진 마당에는 커다란 프랑지파니 나무가 있다. 그 뒤로 사면이 트인 거실이 보인다. 사계절이 뚜렷한, 아니 혹독한 계절을 난 나라에서 살아온 사람답게 이런 트인 형태의 건축 방식은 보고 또 봐도 놀랍다. 수영장 끝으로 작은 카바나가 이어지고, 그 뒤로 2층짜리 건물이 있다. 1층은 넓은 침실과 한 면이 트인 욕실, 개방적인 구조의 주방이 있다. 2층에는 조금 작은 침실과 닫힌 욕실이 있고, 2층에 오르는 계단참에 작은 파라솔과 의자가 놓여 있다. 벽은 하얗고, 공간을 채운 패브릭은 온통 푸른 계열이다. 비스듬한 지붕은 주황색인데, 곳곳에 놓인 나무 가구들과 조화를 이룬다. 집을 지을 때부터 공간을 채우기까지 일관된 철학을 바탕으로 정성을 들인 느낌이다. 캐리어를 세워두고서 입을 떡 벌린 채 집 안 곳곳을 둘러보았다. 마당 곳곳에는 자연스럽게 가꿔진 풀들과 화분이 놓여 있다. 짙은 파란색, 중간 파란색, 옅은 파란색 소품들이 과하지 않게 어우러진다. 우리는 집을 보러온 사람들처럼 곳곳의 스위치도 하나씩 켜본다. 제일 황홀했던 것은 프랑지파니 나무에 걸린 전등이었다. 잼 병 여러 개 안쪽에 알전구가 알알이 들어 있다. 그 전구들이 적당한 높이와 간격을 두고 가지에 매달려 빛을 발한다. 밤이 되면 수면 위로 불빛이 미끄러졌다.

머무르는 동안 반나절은 늘 집에서 보냈다. 차가운 맥주에 얼음을 띄워 마시며, 곳곳에 놓인 소파나 빈백에 누워 시간을 흘려보냈다. 물 위에 뜬 채로, 하늘을 보면 구름이 거침없이 흘러갔다. 먼 하늘에 연이 두둥실 떠갔다. 여행 전날 양 무릎을 다 깨먹은 달은, 물속에서 첨벙거리는 대신 온몸을 열심히 태웠다. 이리 구웠다 저리 구웠다 요령껏 자세를 바꿔가면서 열을 올리다 그만 더위를 먹기까지 하였으나, 플로팅 백에 누워 둥둥 떠다닌 나에 비하면 한참 채도가 낮다. 정말이지 나는 원 없이 물에 몸을 담그고 있었다. 얼굴만 쏙 빼놓고, 평형 자세로 수영장을 누볐다. 이것을 리조트 영법이라 이름 붙였으나 원형은 개헤엄인 것을 안다. 그렇게 둥둥둥 멍하니 있다보면 나뭇잎들이 뚝 떨어지곤 했다. 선사들은 이럴 때 깨달음을 얻곤 하던데 나는 맥주만 홀짝였다. 소리 없이 떨어진 프랑지파니 꽃은 송이째로 물 위를 떠다녔다. 적도 아래 남반구. 이것이 발리의 겨울일까. 이 모두를 보고 있노라니 여러모로 감격에 겨웠다. 숙소를 고르는 능력치를 자화자찬하며 그렇게 내내 축배를 들었다. 참으로 좋은 게으름이었다.

Barcelona

6 17 '18

Barcelona

MORITZ
BARCELONA
6 7'18

Barcelona

걱정하는 엄마에게 넷이서 함께 가니 염려하지 말라고 큰 소리를 쳤으나, 사실 나 혼자 떠난 여행이었다. 바르셀로나에서 출발해 마드리드, 세비야, 그라나다, 말라가, 리스본을 거쳐 포르투에서 돌아오는 여행. 무섭거나 어려울 것은 하나도 없었다. 처음이자 마지막으로 머문 한인 민박에서부터 겹겹이 들어찬 혼성 도미토리까지 여러 숙소를 거쳐 잠을 청하고, 소매치기로 악명 높다는 도시들에서도 나는 지극히 안전했다. 헐렁한 에코백을 메고 간밤에 얼려둔 2리터짜리 생수병을 팔 한쪽에 안고 다녔다. 무거운 가방은 필름 카메라와 두꺼운 『론리 플래닛』 탓이었다. 여행책을 들고 나선 첫날, 숙소로 돌아온 나는 커터 칼로 책을 난도질했다. 굽은 어깨를 펴며, 앞으로 갈 도시별로 나눠 묶고 테이프를 붙였다. 그러니까 돈은 없는데 트렁크에 문구용 칼과 테이프 같은 것은 가지고 다니는 여행자였다. 어디 그것뿐이랴. 노트에 색연필에 만년필에 묵직한 필통까지 이상한 짐이 한 짐이었다. 트렁크 구석에는 건면 파스타와 소스, 양파 같은 것이 굴러다녔다. 누가 봐도 가난한 여행자였음이 분명했다. 털어가려야 털어갈 것이 없었다. 한여름, 말라가의 바닷가에서 배를 드러내고 물 위에 둥둥 떠 있으면 선글라스 너머로 맹렬한 태양이 쏟아졌다. 고개를 들어 뭍을 바라보면 작고 마른 야자수 아래 던져놓은 내 가방이 보였다. 나는 안심하고 물장구를 쳤다. 여행 중반이 지날 무렵, 여행을 떠나기 전 막 사귄 남자 친구에게 전화를 걸어 폴더폰을 잡고 호스텔 식당 구석에 앉아 한참을 통화하기도 했다. 분 단위로 정산될 로밍 요금 같은 건 가볍게 무시할 수 있었다. 목소리로 듣는 위로가 훨씬 컸으니까. 그때가 스물여섯이었다.

해가 바뀌어 스물일곱이 된 우리는 함께 여행을 떠나기로 했다. 목적지는 바르셀로나였다. 나는 그 도시가 너무 좋았다. 사랑하는 사람에게 내가 본 아름다운 도시를 보여주고 싶었다. 한 달간의 여행에서 우리는 많은 것을 만나고 또 보았다. 에어비앤비로 구한 숙소에 묵은 건 이때가 처음이었다. 훌레스가 우리에게 빌려준 집은 테라스가 딸린 작은 집이었다. 거실 바닥이 노란색과 파란색 타일로 채워져 있고, 열린 덧창으로 바람이 드나들던 곳. 새벽녘이면 비가 세차게 쏟아졌다. 그러다 아침이 되면 날이 활짝 개었다. 아침나절 새로 만들어낸 싱싱한 구름이 창 너머로 보이고, 아무것도 거칠 것이 없는 햇살이 집으로 쏟아져 들어왔다. 조그맣지만 없을 것이 없는 요리사의 부엌에서 우리는 함께 밥을 만들어 먹곤 했다.

여행 내내 아웅다웅하고 그러다 좋아서 또 싱글벙글하던 우리는 다음 해에 결혼을 했다. 몬주익 언덕에서 찍었던 사진은 청첩장의 앞면과 뒷면이 되었다. 그리고 두 번의 대통령 선거를

치를 만큼의 시간이 흘러, 우리는 무럭무럭 자라 어엿한 삼십대 중반이 되었다. 유난히 긴 겨울을 나고 추웠던 봄을 보내는 사이 우리는 많이 지쳤다. 지친 까닭에 서로의 마음을 할퀴고 그게 아물기 전에 다시금 상처를 헤집다가 결심했다. 백 투 더 베이직(Back to the Basic). 우리는 다시 바르셀로나로 떠났다. 훌레스의 집은 변함없이 그곳에 있을까.

에필로그

점이 모이면
선이 되고

점이 모이면 선이 되고, 선이 모이면 면이 된다. 미술 시간에 제일 먼저 배운 것도 이것이다. 서로 떨어진 단어들을 잇고 기우는 일도 그와 비슷하다. 선형의 시간 속에서 눈금을 따라 걷다가 짧게 뒤돌아보는 순간. 그 순간이 모여 글이 되었다. 각각의 점으로, 획으로 동떨어지지 않은 이야기가 되었다.

문학을 마음에 이고 살아온 모든 소녀들이 그렇듯, 나 역시 내 이야기를 어딘가 펼쳐놓고 싶었다. 스크롤을 내리는 것도 좋지만 장을 넘기는 것은 더욱 근사했다. 가늠하기 힘들 만큼 얇은 단면의 종이들이 모여 두툼한 면을 만들어낸다니. 두루뭉술한 내 이야기가 물성을 지닌다는 건 상상만으로도 즐거웠다. 밑줄을 그을 수 있는 이야기, 귀퉁이를 접을 수 있는 이야기, 가방에 넣을 수 있는 이야기, 어쩌면 냄비를 받칠 수도 있는 이야기. 그래도 좋았다.

소심함을 반으로 자르면 더 작은 소심함이 된다. 자꾸만 흩어지는 마음을 다독여준 것은 독립서점 스토리지북앤필름의 마이크 사장님이다. 채찍과 당근을 휘두르며 오늘도 독립출판 꿈나무들을 키워낼 사장님을 떠올리며, 두 손 무겁게 해방촌 언덕을 오를 다짐을 한다. 내려올 땐 더욱 무거운 두 손이 될 것도 가슴 깊이 새긴다. 허술한 원고를 전문가의 눈으로 다듬어준 대영이에겐 지금껏 산 밥보다 더 많은 밥을 사야 할 것이다.

우정을 넘어선 꼼꼼한 질타 덕분에 북노마드를 만날 수 있었다. 윤동희 대표님과 황유정 편집자를 만날 때면 나는 언제나 수줍음을 감추지 못했다. 얼음 띄운 드립커피를 마시던 계절에서 따뜻한 카페라테를 마시기까지, 다정히 글을 매만져준 덕에 여기까지 오게 되었다. 이 모든 과정을 함께 만들어 온 달에게도 잔잔한 감사를 전한다. 네가 아니었다면 이 모두는 아무것도 아니었을 거야. 고마워.

얼마 전 다녀간 게스트는 게스트북에 짧은 문장을 남겨두었다. 큰따옴표로 인용 처리한 그 문장은 이렇다. "거기엔 꾸민이의 취향이 잔잔한 가운데 머무는 이가 채울 여백이 있다." 내 글을 기억하고 옮겨 써준 따스함에 깊이 탄복했다. 이건 호스트가 만날 수 있는 최고의 호사다. 호스트와 게스트를 넘어, 같은 공간과 시간을 나누는 마음들. 비슷하고도 다른, 다르지만 또 비슷한 이들끼리의 이야기. 언제나 나는 내가 주는 것보다 더 큰 마음을 받는다. 바다 건너로 보내온 귤, 이국의 과자, 집에 잘 어울릴 것 같아 선물한다는 그림, 그리고 시간을 내어 정성스럽게 써 내려간 글. 나는 그것들을 기꺼이 기뻐하며 받는다. 괜히 겸연쩍어 하지 않고, 온전한 기쁨으로 와락 안는다. 이 모두가 여행의 일부가 됨을 안다. 그리고 그게 인생의 일부임도 안다. 이 마음들을 그러모아 나는 오늘도 게스트를 위한 공간을 준비한다. 잘 마른 이불을 펴고, 햇볕 머금은 베갯잇을 토닥인다. 언제라도 같이 마실 수 있는 커피를 챙기고, 함께 이야기 나눌 식탁을 마련한다. 그리고 반가운 표정으로 첫인사를 건넨다.

"안녕하세요? 서울엔 처음 오시는 건가요?" 새로운 날의 시작이다.

원서동 자기만의 방은
2016년 11월부터 2018년 8월까지 사람들을 만났고,
2018년 10월부터는 삼청동으로 자리를 옮겼다.

북노마드